トマス・ハーディ
詩から小説への橋渡し

土岐 恒二
森松 健介
著

バスシバの聖書占い

音羽書房鶴見書店

目次

トロイ軍曹がバスシバに剣舞を見せる

トロイとボウルドウッドの出会い

まえがき

今回、この出版よりほぼ一〇年前に東京理科大学で行われたハーディ協会年次大会のシンポジアムに基づいて、その時の口頭発表二つをここに収録して出版することとした。このシンポジアムには、ハーディ協会の外部から、土岐恒二氏にお願いして、ハーディの詩と、それを原《もと》にした歌曲との関連をまず皮切りに話していただいた。土岐氏の意図は「ハーディの詩の言語が帯びている、通常の物語性だけでは包括しきれない小説的、虚構的なものの胚とでもいうべき局面、ハーディの詩の言語に充填されている小説性の萌芽」を、音楽的要素の指摘によって示唆することであったと要約できよう。

私たちは、ハーディの詩が、彼の小説と関連するだけではなく、土岐氏の紹介された歌曲に採り入れられて歌われる性格を持っていることを認識すべきだと思った。これは人間の、異なった認識間の《橋渡し感覚》、ラマチャンドランの訳書などで日本でも多方面で話題になったこの言葉が表す、感覚相互間の連携——シェリーの作品に顕著で、その後脳医学用語となった《共感覚《シネスシージア》》――を考える場合に極めて大きな意味を持つからである（参考文献表にあるラマチャンドランの『脳のなかの天使』参照）。土岐氏はシンポジアム当日、別の学会でも重責を果たすべきご多忙な状況だったが、快く私たちの要望に応えて下さった（氏の本書内論文は、内容的に、ほぼ当日のお話そのままである）。氏が、ハーディの小説には詩や音楽を感じさせる側面が大きく、また詩には小説的な物語性があることを最初に示唆されたのは、シンポジアム冒頭での極めて重要な指摘であった。

ところが土岐恒二氏は、昨（二〇一四）年一〇月一四日、間質性肺炎のためにお亡くなりになった。森松は茫然自失、長期にわたってそのショックから今も抜けだせないでいる。なぜなら、本書所収の玉稿は、九年半前にお預かりし、毎年、今年こそは出版しますと氏に約束しながら、森松は上記シンポジアムの司会者であったにもかかわらず、出版を果たし得なかったからである。ご逝去の二年半前に長時間の歓談に応じて頂いたときの、またその後お見かけしたときの、また最近のお年賀状に添え書きを書いて下さったときの、そして昨夏電話に出てくださったときのご様子から、大変お元気で、少なくとも私より長命でおられるだろうと愚考してしまった。そして結局、一〇年前の玉稿を「遺稿」として、ここに見られるような形でようやく世に問うことになったことについて、私は慚愧の念に堪えないのである。もはや取り返しのつかないことであるが、せめて本書を心の籠もったものとして仕上げ、これを土岐氏の霊に捧げてお詫びしたいと思い、訃報に接した直後から出版の準備にとりかかった。

本書第二章（森松執筆）は、用意しながらシンポジアムでは話せなかったことも意図的に含めて長めに書いた。ある事情から長めに書くことなったことについて、土岐氏が生前に快くお認め下さったことに感謝したい。ただ別の新たな事情から、第二章をさらに長めに書くことへの氏のお許しを得るための電話（一〇月二〇日）で、衝撃的な氏の逝去を知った次第である。シンポジアム当日、森松が僅かに口走ったことを、今回の出版に際して増幅して書くことにした第二章「四」については、土岐さんご逝去のあと（上記一〇月二〇日に企てたことだが）、奥様（東京女子大学名誉教授・土岐知子氏）から快くご承諾を頂いた。ここに感謝しつつ記す次第である（森松加筆の部分には、シンポジアム後の一〇年間に森松が発表した考え方も多少用いた）。

土岐氏が示唆された、ハーディが広範に有していた芸術家らしい《共感覚》を考えるとき、彼《ハーディ》の詩にも小説にも、音楽だけではなく絵画に通じるところもあるのに気づく（Lothe 128も指摘）。この書物は、絵画に至る《共感覚》には触れないが、いずれどなたかがハーディの特質として纏めてくださるであろう。彼の詩にも小説にも、ただちにそこに描かれた場面の挿絵を感じさせる部分が何と多いことか！『はるか群衆を離れて』(*Far from the Madding Crowd*, 1874) の雑誌連載版に掲載された画家ヘレン・パタソンの、バスシバの聖書占いの場面（「コーンヒル・マガジン」一八七四年三月号、本書扉《タイトル・ページ》参照）、火事の後バスシバがオウクの主人となる場面（同二月号、5頁の上図参照）、バスシバがオウクにフルートを吹かせて農民たちに歌曲を歌う薄暗い夕べの情景（同五月号、5頁の下図参照）、トロイ軍曹がバスシバに剣舞を見せる羊歯の窪地（同六月号、iv頁の上図参照）、小説終盤でのトロイとボウルドウッドの出会い（同一二月号、iv頁の下図参照）など、五葉の絵を見れば、このことは説得力を持つだろう。

さて、シンポジアム当日の学会運営に大きな貢献を果たされた並木幸充氏（現・日本ハーディ協会事務局長）と、ハーディ協会の外からシンポジアムに参加頂いた橋本槙矩氏は、長期間お預け下さった原稿を通じて、本書のテーマについての貴重な考え方をお示しいただいた。ここで、両氏に対しても衷心からのお礼を記しておきたい。

火事の後、バスシバがオウクの主人となる

バスシバがオウクにフルートを吹かせる

文学研究が、作品の内部よりもその周辺の文化に焦点を合わせる今日、本書の語りは時流に合わないと感じられるだろう（ただし土岐氏は、八〇年代以降の文学セオリーを熟知しておられた）。しかし本書は、こんにちの批評の中心に近づきつつある「精読《クロウス・リーディング》」（田代・木谷参照）の志だけは発揮している。外国文学論者が、精読の風潮にも触れて、やがて作品の内部に目を向け直す日がふたたび訪れることを信じて、これを世に問う次第である。

二〇一四年一二月

森松　健介

テーマへのイントロダクション

森松　健介

本書のテーマへのイントロダクションとして、当日のシンポジアム冒頭の導入部分で述べたことを、大幅に補いつつ、ここに記させていただく。

ハーディ批評史のうえでも早くから「彼は自己の詩を小説のなかに持ち込んだ」(Bowra 4)と言われてきた。ここで言う「自己の詩」は、ハーディが一八六五、六年ころに書きながら、公表の機会を拒まれた詩篇群であるとともに、自己の詩人としての感じ方・考え方でもあると解することができる。前者の例としては、「女から彼への愁訴Ⅱ」(“She to Him II”、ギブソン氏詩番号15。自分が年老いたときの、今の恋人の薄情な変身を想像した歌)にきわめて類似したパッセージが『窮余の策』(*Desperate Remedies*, 1871)の第六章「一」でオールドクリフが若いシセリアをからかう場面、そしてさらに第一三章

「四」での、シセリア自身が自分の死後に示される男の軽薄な同情を想像する場面に見えることなどが挙げられる（後者には「女から彼への愁訴Ⅱ」からの直接の引用と言うべき句が見える）――この詩は『窮余の策』に先立つ一八六六年に書かれた。語り手の女の見るところでは、現時点では相手の男にとって、自分という女がこの男の胸中のすべてを支配する情熱である。しかし遠い未来、女が先に死んだ場合、男が女を思い出してしばらく思いにふけり「可哀想な女！」と言って溜息を漏らすかも知れないが、「可哀想な・女」という薄情な二語で表された女が、この女の人生全てだったということを《あなた》は理解できないだろう、と歌われる。当時公刊を拒まれた詩に歌われるはずであった思いを、この小説のなかに盛り込んだことが判る。

このようにハーディ自身の小説と詩が、直接につながっている例もある。しかし後者、つまり詩人としての感じ方としての「自己の詩」の例は彼の小説のいたるところに見える。このシンポジアムでは（そして本書では）、主として後者のさまざまについて触れることになった。

著述の出発点（一八六五年）が詩作であったことから、また詩編の公表が挫折したことを機にやむなく小説に転じた（一八七〇年）ことから、また小説への俗世の酷評から詩に復帰した（一八九八年）ことから知られるように、ハーディの文学上の最大の関心は詩を書くことだった。公刊第四長編『はるか群衆を離れて』（前出、1874）によってハーディは職業的小説家としての地歩を確保した。しかしこの躍進を遂げたときでさえ、彼は自伝に「いまは永遠に道を断たれたように思われた詩歌の仕事に携わることができないまま、その替わりに小説家として評判を得たからといって、彼はそれほど喜ばなかった」(*Life* 99–100) と、自分を「彼」と表現しつつ、なお詩作への渇望を述べていた。「長旅の必携書は『ゴールデン・トレジャリ』ですよ」と親愛な女友達に書いた詩歌愛好者でもあった (See Millgate [ed.] *Selected Letters* [= *SL*] 97)。また一八八八年にも、ある手紙のなかで「散文で成功するよりも詩で失敗するほうがよいという考えが、時として頭に浮かぶ。とにかく詩歌を書くほうが、より大きな精神的満足感を与えてくれる」（同 51）と語っている。また別の書簡のなかで「〔現代において〕詩歌への関心は死に絶えたなどという言いぐさは、私たちの時代の最も愚劣な言葉です。これまで常に人間性の一部であったものは、人間性が存続するあいだじゅう、その一部であり続けるでしょう」（同 194–95）とさえ述べていた。彼は、詩においてこそ人間性をありのままに表現できると考えていたわけである。詩を読む読者層は、小説の場合に較べて、《脱慣習的思考》

と呼ぶべき虚構的《インプロバブル》な技法を通じて、《真実》を受け容れる度合いが大きいからであろう。
小説家として出発するときにさえ、過去のイギリス詩歌（特にロマン派）からの影響を作品に反映させている。一八六五年、文学を志すに際して、第二章「四」に詳しく述べるクラブ詩集だけではなく、シェリー詩集 (*Queen Mab & Other Poems*, 1865, Miliner) を座右に置いている。この書には「アラスター」、『イズラムの反乱』、『縛りを解かれたプロミーシュース』が含まれていた (Pinion' 77: 94)。そして二五年に亘った小説家稼業（『恋の霊』［*The Well-Beloved*, 単行本版 1897］を最後の小説とするなら二七年）を打ち切って、やがて三〇年に及ぶことになる詩作に転ずることに心を決めた一八九六年一〇月に、（ここでもまた）詩こそが文学者が求め得た《真実》を伝えるのにふさわしいという想いを、次のようにノートに書き込んでいる――

詩について。詩文のなかならば、もっと心ゆくまで、不活性の結晶と化した通念に反する考え方や感情を表現できるのではないか――こうした通念は、岩のように固い結晶になってしまうのが常である。この通念を支持することが巨大な数の人びとの既得権に与《くみ》するからである。情熱に満ちた詩のなかで（例えば）《至高の原動者

〈たち〉》なり《最高の発動力〈たち〉》〔訳注＝《神》のようなもの〕は、力量に限界があるか、意識もなく無知であるか、もしくは残酷であるかのいずれかであるにちがいない、と叫ぶと仮定してみよう——原動者たちの「限界もしくは残酷」は、現在も、また何世紀にもわたっても、あまりに明白である——詩のなかの場合、世評は単に首を横に振る程度で終わるだろう。しかしこれを、論陣を張るかたちの散文のなかで行うならば、世評は冷嘲し、あるいは口角泡を飛ばして叱責し、浅慮曲解の徒《やから》どもをすべて動員して、無害な不可知論者でしかない私に、まるで騒々しい無神論者であるが如くに彼らを襲いかからせるであろう。徒どもは、嘆かわしい無学のゆえに、不可知論と無神論の見分けもつかないありさまである。……もしガレリオが詩のなかで「世界は動く」と語ったのであれば、《異端審問》も彼に手を下しはしなかっただろう。（〔　〕内は訳注、……は原文のまま）

(*Life* 284–85; from Hardy's notebook, October 17, 1896)

ハーディはこうしたガレリオ的《真実》を表明することが文人の義務であるという考えを深く心に刻み付けていた。イギリス詩の《真実》探求の伝統については森松 '06B

（『抹香臭いか、英国詩』）の冊子一冊にながながと書いた。

この、詩人の伝統的な使命感は『ジュード』(*Jude the Obscure*, 1895) に最も良く現れている。作品の後半においてもジュード自身が自己の生きかたについて「僕は混沌とした諸原則の真ったただなかにいる――暗闇で手探りをしている――本能によって行動しているよ、先例に従って行動してはいない」（ハードカバー新ウェセックス版では二七八頁）と語り、またそれ以前にも旧約「士師記《はじき》」からの引用によって「自分の目から見て正しいこと（真実）のみを行ってきた」（同二六一頁）と語っている点に注目したい。『ジュード』は既成道徳批判、特に既成宗教離れが主題の大きな部分をなす小説だが、その第二部「クライストミンスターにて」は、エピグラフとしてスウィンバーンの中編詩「プレリュード」('Prelude') からの一節「自分の魂以外には、彼は［訳注＝導きの］星を持たない」を掲げている。このエピグラフが意味しているところを知るために、スウィンバーン中編詩の、これに先立つ第一五連全体を読んでおくとすれば

人の魂こそが、人間の恒常なる《神》
どのような風が　彼の意志に吹きつけて

昼と夜の海原を　横切らせ
左へ右へ　港へ　また難破へと吹き寄せ
善や悪の　岸辺や砂洲へと向かわせようと
メーンマストに高々と　魂は炎を掲げ
波浪の破片に満ちた　惑乱の大気を貫いて
不屈の灯りを維持し続ける。
そこからこそ　人間だけが　船を操る力を得る、
怖れることなく扱える操舵術を手に入れる。

と歌われている。これに続く原詩第一六連（ここに、「自分の魂以外には、彼の［訳注＝導きの］星はない」の一句が出るのだが）の全体を掲げれば、

自己自身の掲げる頭上の灯り以外には
人生の港に隠れる暗礁を避けるようにと
人間を導くものも　導いたものも　皆無である。

導かれてこそ　岸辺近くに砂洲が隠れる《若年》を渡り、
遠くから呼びかける　日没の　赤く巨大な
虚空へと向けて船を進める《老年》を経て
死者たちの　平らかな水路へと向かうのだ。
自分の魂以外には、彼の〔導きの〕星はない、
沖合いの　潮の変わり目に舵も失せたときに
彼自身の魂が導かなければ　彼は沈没するのみ。

このスウィンバーンの詩行のなかで、上記の「自分の魂以外には、彼は星を持たない」('Save his own soul he has no star') として、人間精神のみを指針（船員の指針となる星）として進むしかない若者（詩集全体の歌い手）が登場し、この一行に先立つ第一五連第一行に、スウィンバーンは二頁前冒頭に引用したとおり「人間の魂こそが、人間の恒常なる《神》」と書いているわけである。ハーディは、終始、この考え方を『ジュード』のなかに展開した。これは、一七世紀前半に、残虐な処刑を繰り返した、国教会のロード大主教 (William Laud, 1573–1645) に反撥して、自己の心のなかの神に従うとした各種反

体制宗教セクトの流れ、それを受け継いだブレイクや、この流れからさらに既成宗教懐疑に傾いたエミリ・ブロンテに息づいた考え方である。ハーディの『ジュード』での思考基調は、エミリの詩「我が魂は怯惰ではない」('No coward soul is mine. . .') と同様、自己の判断をこそ絶対者と見なす考え方（ジュードとスーの考え方）を歌ったものといえる。そしてこの考えは彼の作品全体を貫いている。

またハーディはマシュー・アーノルドからの影響も受けていた。アーノルドは「ワーズワース論」のなかで、イギリス詩歌の特異性に触れている――「イギリス国民ほど精力的に、かつ深みをもって、詩歌のなかで道徳観念を扱った国民はいない」(Arnold 206) というのである。これはもともとヴォルテールによるコメントだったのだが、アーノルドは「《いかに生きるか》という問題提起自体が一つの道徳観念である」（同）と言葉を補って、この観念を歌っている詩歌の例（シェイクスピアの『大嵐《テンペスト》』、ミルトンの『失楽園』だけではなくキーツの「ギリシアの古壷に寄せて」など）を挙げた。この《道徳観念》の例は、しかつめらしく人びとを縛る《道徳》の範囲を大きく超えた、人間の生き方そのものの意味であった。ハーディはこれを読んで感激し、小説というジャンルでこれを実行しようとした。そして小説のなかへ、本来は詩のなかの技法である、《意識して反リアリズム的な虚構性・非蓋然性《インプロバビリティ》》を堂々と持ちこんだのであった。
右の引用のあとで、アーノルドは

もし最も偉大な詩人たちを識別する特徴が、力強く深遠なかたちでの諸観念の人生への適用であるのなら（これは良い批評家なら間違いなく否定しはしないと思われることだが）、諸観念という言葉の前に道徳的という言葉を付してもほとんど意味の相違は生じまい。なぜなら人生そのものが、きわめて圧倒的に道徳に係るからである。（Arnold 207、傍点森松）

と書いている。ハーディはこの「諸観念の人生への適用」という一句を、第六詩集の前書きに当たる長大な詩論「我が詩作の弁明」のなかで用いて、反体制的な《真実》を詩に歌い、非蓋然性《インプロバビリティ》を通じて《真実》を小説に潜りこませることの正当性を訴えている。

さらに注目したいのは、ハーディ第二詩集の「ローザンヌ――ギボンの旧庭にて、午後一一――一二時」（詩番号72）でハーディが主題とした《真実》ということである。短く引用すれば、『ローマ帝国盛衰史』を書き終えたばかりのギボンの霊が現れて、《私》に問いかける――

いまは《真実》の処遇はどうなっている？――虐待かね？――

文筆は　ほんのずる賢く《真実》をあと押ししているだけかね？

遠回しな言葉でしか《真実の女神》を援護できないでいるのかね？

そしてハーディは、小説制作という、慣習的な偏見と正面衝突せざるを得ない環境のなかで、文学本来の機能――《真実の女神》への援護――を発揮する小説を書く場合には、危険が伴うことをよく知っていた。彼は実際、「遠回しな言葉でしか《真実の女神》を援護でき」ない。『ジュード』への世評に関しても、彼はこう記している――

悲劇というものは、宇宙に本来備わった事物の状況か、または人間の諸制度に体現された状況かの、どちらかに対抗することによって創造されると言ってよかろう。もし前者が暴露され概嘆されるなら、その作家は不信心者とみなされる。後者が暴露されれば、作家は危険な破壊活動分子とみなされる。(*LW* 290)

すなわち、ヴィクトリア朝においては、こうした考え方の作家が真の悲劇を書こうとすると、雑誌編集者と移動図書館（貸本屋）が立ちはだかって、真実に覆いをかけることを要求した（こんにち以降の日本でも、この傾向が強まる怖れが極めて大きい）。これはハーディが小説論「イギリス小説における率直さ」（1890）のなかで嘆いていたことだった。後年は、《真実》を語る詩のほうに身を捧げたハーディだったが、小説でも、この『ジュード』での作風に見るように、遠回しな技法を用いて詩の心――《真実》の暴露――を表現したのだった。

ハーディの詩への執着は、死の直前にも第八詩集（没後出版）内の作品群の詩集内順序を丹念に決めておいたことからも判るとおり、ハーディの著作家としての全経歴に及んでいる。当然、《詩人ハーディ》は、彼の小説すべてのなかに見え隠れしているはずである。

シンポジアムとこの書物が多少なりとも明らかにしようとしたのは、まさにこのことである。

追記

シンポジアム当日、フロアから、ハーディの小説とバラッドとの関係はどうかという質問を頂いた。司会者森松は、今回はそこまで踏みこめなかったとお答えした。しかしその直後に、『緑の木陰』(*Under the Greenwood Tree*, 1872) に見える「薔薇の花と 百合の花／それにらっぱ水仙の花」という歌が民謡から採られていること、『緑の木陰』という題名がシェイクスピア由来であると見せかけながら民謡から採られたこと、『テス』(*Tess of the D'Urbervilles*, 1891) のストーリーが男にもてあそばれた女という民謡の主題にほかならないこと、物語詩には民謡的系譜の諸例が見えること、短編小説と《伝承バラッド》に相互関係があることとくらいは、すこし考えれば即答できたのに、と悔やまれた。今はただ「民謡とハーディ」に関して、井出弘之著『ハーディ文学は何処から来たか――伝承バラッド、英国性、そして笑い』(音羽書房鶴見書店)、『オクスフォード・コンパニオン：ハーディ』の 'ballads' の項のチャイルド (Francis J. Child, 1825–96) の大著（邦訳『全訳チャイルド・バラッド』全三巻は音羽書房鶴見書店刊）やパーシー (Thomas Percy, 1729–1811) の『イギリス詩遺風』への言及、また同『コンパニオン』同項の Arkans,

Tom Gunnの著になる二点の参考書目掲載を参照されたいと記しておくにとどめる。

私たちは、民間の詩として結晶した民謡もまた、ハーディのテクストに潜む詩的側面の一部であり、主流文化から疎外され、詩を活字化できなかった虐げられた人びとの思いが、ハーディの作中で重要な意味を持つことを感じ取るべきであろう。

第一章

ハーディの詩と小説
——ジェラルド・フィンジィの歌曲集『土と大気と雨 (*Earth and Air and Rain*)』にみるハーディ詩のロマネスク性

土岐　恒二

一

ハーディは詩人なのか、小説家なのか。小説も書いた詩人、それとも、詩も書いた小説家？　そもそもハーディにとって詩と小説とはどのように関係しているのか。

詩人として出発した物書きが、青年期を過ぎて小説家になる例はよくあることだが、詩作はあまり思い通りには運ばぬまま小説家として出発し、そのジャンルで量質ともに瞠目すべき成果を世に問うて世紀を代表する作家のひとりとしての高い声価を得たあと、最晩年になってから、新しい時代を代表する詩人と見なされるほどの高質の詩作品をぞくぞく発表したハーディのような例はあまり前例がないのではなかろうか。

とはいえ、ハーディにとって詩作は若いころからの習わしであり、詩人晩年の詩集にも若年の作品が収録されていることは周知のところである。加齢とともに作風がどう変化、あるいは深化したかは、個別に検証しなければならないが、さしあたり私が考察しようとしている課題は、ハーディの詩作品に読み取ることのできる「ロマネスク (romanesque)」な要素の性質、つまり、ハーディの詩の言語が帯びている、通常の物語性だけでは包括しきれない小説的、虚構的なものの胚とでもいうべき局面、ハーディの詩の言語に充填されている小説性の萌芽、に探りをいれる作業である。したがってここでは初期から一貫してハーディの詩作品に読みとられる彼の散文作品との相関関係を論じたり、ハーディの長編短編の小説に編入ないし拡大されてゆくエピソードを含むか、それと類似関係にある内容の詩作品を具体的に検証したりするのではなく、ハーディの全作品において、総体としての「詩」が、ハーディの総体としての「小説」とどのような関係に立つものなのかを考えようというのである。

ハーディの詩全体を、詩集単位でも、個別の作品としても、小説や散文のあれこれと、あるいは叙事詩『覇王たち』と、関連する部分部分に目を配りながら概説したものとして、加納秀夫先生の文章がある（『20世紀英米文学案内　ハーディ』研究社、一九六九年、一七四―二〇〇頁）。これは一種の解説書として出版されたシリーズものに寄稿された文章なので、編集意図に即した方式の記述となっているものだが、その内容は、実際に執筆されたのが一九六七年夏という早い時期だったことを少しも感じさせない卓見にみちていて、私にとってはいまでもハーディの詩を読むための原点であり、貴重な指針となっているものだ。その意味からも、ハーディの詩と小説との関連を考えるさいには、これはぜひ参照していただきたい論稿である。

しかし私が課題に掲げたハーディの「総体」としての詩と「総体」としての小説との関係如何という、やや抽象的な問題提起では、そもそものような発題自体、こちらの真意が思ったとおりに伝わるかどうか心許ないので、ここでは『ハーディ全詩集』をジョン・バニヤンにとってのバイブルのように読んでいたという二〇世紀イギリスの作曲家ジェラルド・フィンジィ（Gerald Finzi, 1897–1956）の例を借りて、私の感じていることを述べてみることにする。

二

その前にまず作曲家ジェラルド・フィンジィ (Gerald Finzi, 1901–1956) という、ひょっとしたらあまり馴染みのないかもしれない人物につぃて多少触れておく必要があるだろう。イギリス近代歌曲に関心のある向きにはよく知られた名前で、英文学作品、とくにハーディの詩には五〇編以上も曲を付けている。だからハーディ詩の歌曲愛聴者にとっては釈迦に説法になるので、ここは読み飛ばしていただいていい。

イギリス音楽の歴史には、幾度かのピークがある。まず、一六世紀末から一六二〇年代にかけて、合唱曲の隆盛とは別に、リュート伴奏付きのソングあるいはエアーと呼ばれる多くの独唱歌を生み出したルネサンス期の隆盛があった。ウィリアム・バード、トマス・モーリー、ジョン・ダウランド、ジョン・ダニエル、トマス・キャンピオン等々、重要な名前が綺羅星のように並び、これらのリュート伴奏付き声楽は他国の追随を許さぬイギリス音楽の花形として声価が落ちることはなかった。つづいて、ドライデンやコングリーヴの劇作品に付帯音楽をつけ、あるいはボーモント&フレッチャーやシェイクスピア劇の翻案台本に音楽劇ないしオペラ風の優美な曲をさかんに創作した一七世紀後半のヘンリー・パーセルの時代、そして中産階級の勃興とともに当時ヨーロッパ屈指の音楽都市となっていたロンドンを活動の本拠として、イングリッシュ・オペラを確立した一八世紀前半のヘンデルの時代、と目覚ましい隆盛期がありながら、なぜかパーセルもヘンデルも、死後の名声は見る影もなく忘却の淵に沈むはめになり、彼らの真価が再認識されるのは、一九世紀末から二〇世紀になってからであった。パーセルやヘンデルの偉大な伝統を再評価し、その文学と音楽を融合した姉妹芸術のイギリス的伝統を復興させたのは、一九世紀も最後の四半世紀のエルガーやディーリアスに始まり、アーサー・サマヴィル、レイフ・ヴォーン＝ウィリアムズ、グスターヴ・ホルスト、ジョージ・バタワース、ロウジャー・クィルター、アイヴァー・ガーニィ、ジェラルド・フィンジィ、サー・ウィリアム・ウォルトン、マイクル・ティペット、ベンジャミン・ブリテンといった二〇世紀の一群の作曲家を輩出してきた現代イギリスの音楽界なのである。この近現代イギリス音楽の活動期は、英文学徒にとっては目を離すことのできない「詩と音楽」のコラボレーションの、まさに「驚異の年」、いや、「驚異の世紀」といっても過言ではない。なかでもヴォーン＝ウィリアムズの音楽は、作曲者自身のすぐれた文筆活動と相俟って、エリザベス朝以来のイギリスの声楽の伝統をドイツ、フランス、イタリアなどの声楽に優に拮抗する、イギリス固有の独自性と芸術性を備えたものとして、広く一般に認識させる原動力となってきた。例えば彼はバニヤンの『天路歴程』のために、一九〇六年、一九二一―二年、一九四一―二年、一九五一―二年と四度も作曲を試みているが、それらはいずれも原作の読みの深化を伴った活動であって、文学テクストの読み手としてのヴォーン＝ウィリアムズの卓越性をリスナーに伝達せずにはおかないものとなっている。

フィンジィは、そのヴォーン＝ウィリアムズを作曲上の師と仰ぎ、エリザベス朝詩人から自分と同時代の詩人たちにいたる古今の英国詩に、イギリスの風土、イギリスの人間、イギリスの言語へのあくなき共感と洞察、受容と夢想を重ねる、きわめてイギリス的な歌を作りつづけたのであった。

フィンジィはセパラディ系ユダヤ人の両親のもとに、一九〇一年、ロンドンで生を受けた。早くから田園風景と鄙びた言葉遣いを好む内向的な少年だったといわれるが、一九一七年、疎開したヨークシャーのハロゲイトで音楽を学び始め、ヨークミンスターのオルガニストのレッスンをうけながら、教会音楽の基本を身につけ、音楽で身を立てる決意を固めた。

やがてロンドンのロイヤル・コレッジ・オヴ・ミュージックに進学して対位法を学び、ここでホルストやヴォーン＝ウィリアムズの存在を知る。とくに後者への心酔は終生変わることがなかった。フィンジィは若いころから大の読書家で、とくに文学書、詩集には情熱的に耽溺し、シェイクスピアや形而上詩人たちを愛読して、好きな作品に曲をつけるようになる。というわけで、フィンジィの作曲の柱は声楽曲にあるといわなければならない。そうした声楽曲からめぼしいところを列挙してみると、ハーディ以外では、トラハーンの詩にもとづくカンタータ『ディエス・ナタリス（生誕の日）』、シェイクスピアのソング五編に作曲した歌曲集『花束を持って行こう』、ワーズワースの長詩をオーケストラ付き独唱と合唱で歌う『不滅のオード』、クリスティーナ・ロセッティの詩一〇編をユニゾンと二部合唱で歌う『子供の歌一〇編』、ミルトンの二編のソネットを小編成のオーケストラ伴奏で歌うソプラノとテノールの二重唱。複数の詩人の作品をソング・サイクルとしてまとめた歌曲では『ある詩人に』（トラハーン、デ・ラ・メア、F・L・ルーカス、ジョージ・バーカー等）、『おお、目にも麗しい』（ハーディ、クリスティーナ・ロセッティ、アイヴァー・ガーニィ、エドマンド・ブランデン等）、さらに合唱曲『レクィエム・ダ・カメラ』（メイスフィールド、ハーディ、ギブソン）、『スリー・ショート・エレジーズ』（ウィリアム・ドラモンド）、『無伴奏パートソング七曲』（ロバート・ブリッジズ）など多数があるが、なんといってもハーディの詩だけを取り上げた連作歌曲ないし歌曲集の五集がひときわ目につく。その五集の内訳を左に挙げておく。

A Young Man's Exhortation. Ten Songs for Tenor and Piano Op.14

Part I: *Mane floreat, et transeat.* Ps.. 89

1 "A Young Man's Exhortation" / 2 "Ditty" / 3 "Budmouth Dears" / 4 "Her Temple" / 5 "The Comet at Yell'ham"

Part II: *Vespere decidat, induret, et arescet.* Ps. 89

1 "Shortening Days" / 2 "The Sigh" / 3 "Former Beauties" / 4 "Transformations" / 5 "The Dance Continued"

Earth and Air and Rain Ten Songs for Baritone and Piano Op.15

1 "Summer Schemes" / 2 "When I Set out for Lyonesse" / 3 "Waiting Both" / 4 "The

Phantom" / 5 "So I have Fared" / 6 "Rollicum-Rorum" / 7 "To Lizbie Browne" / 8 "The Clock of the Year" / 9 "In a Churchyard" /10 "Proud Songsters"

Before and after Summer Ten Songs for Baritone and Piano Op.16

1 "Childhood among the Ferns" / 2 "Before and after Summer" / 3 The Self-Unseeing" /4 "Overlooking the River" /5 "Channel Firing" / 6 "In the Mind's Eye" / 7 "The Too Short Time" / 8 "Epeisodia" / 9 "Amabel" /10 "He Abjures Love"

Till Earth Outwears Seven Songs for High Voice and Piano Op.19a

1 "Let me Enjoy the Earth" / 2 "In Years Defaced" / 3 "The Market-Girl" / 4 "I Look into My Glass" / 5 "It Never Looks like Summer" / 6 "At a Lunar Eclipse" / 7 "Life Laughs Onward"

I Said to Love Six Songs for Low Voice and Piano Op.19b

1 "I Need not Go" / 2 "At Middle-Field Gate in February" / 3 "Two Lips" / 4 "In

Five-score Summers (Meditation)" / 5 "For Life I had Never Cared Greatly" / 6 "I Said to Love"

このうちあとの二集は作曲者没後の翌一九五七年に夫人を含む三人の編者によって編集出版されたものなので、まとまった「歌曲集」としてフィンジィ本人の意図を明示できるものではないが、前の三集については作曲者本人の、連作歌曲としてまとめる何らかのアイディアがあったと考えられる。

フィンジィのハーディへの傾倒ぶりについては、親交のあった作曲家ロビン・ミルフォードに、もし孤島に一冊だけ本を持って行くことになったら、絶対ハーディの『全詩集』を持って行くと語ったり、第二次大戦後の東京にいたブランデンに宛てた手紙の中で、自分にとってハーディの『全詩集』は、バニヤンにとってのバイブルと同じだと書いたりしているほどであった。さらに、実際に作曲した五〇曲以上のハーディ歌曲のほかに、現在レディングのセント・アンドゥルーズ・コレッジに寄託されてフィンジィ・ルームに収められている彼の蔵書中のハーディ詩全集には、フィンジィが作曲するつもりで印をつけた作品が、あと一〇〇篇以上はあるという。ちなみにフィンジィはハーディ本人とは面識がなかったようだが、一九三八年にハーディの蔵書が売却されたさい、マックス・ゲイトまで出向いて、なぜか文学関係の書籍ではなく詩人の愛用の杖を買っており、それが現在、ドーチェスター・ミュージアムに置かれているそうである（フィンジィの伝記的事実に関しては、Diana McVeagh: *Gerald Finzi His Life and Music*. Boydell, 2005による）。

三

ここでは先ほど挙げた五歌曲集のうち、一九三六年に楽譜が出版され、一九四五年七月に初演された歌曲集『土と大気と雨 (*Earth and Air and Rain*)』を対象として、フィンジィがハーディの詩に何を読み取っていたのかを考えてみることにしたい。

いま「歌曲集」と書いたが、これはじつはドイツ・ロマン派の歌曲集にあるような、例えば「冬の旅」とか「美しきマゲローネの歌」といった一貫したストーリーをもつ連作歌曲集 (Song Cycle) ではない。つまりハーディ詩集の中にときおり織り込まれている連作、あるいは、創作年代は離れていても同じあるひとつの特定の主題を扱っている作品群に、作曲者なりの起承転結をつけて一巻の歌曲集に仕立て上げたというのでもない。フィンジィはハーディの詩の熱烈な愛読者であったが、最初からある数の詩篇をまとめてソング・サイクルにするつもりで作曲したことはなかった。気に入った作品の一編一編に曲を附すことの積み重ねのうちに、おのずからあるまとまりをもった歌曲集という構造体が立ち上がったと言ったらいいだろうか。

あるまとまりをもった構造体としての「歌曲集」が立ち上がるとは、すぐれたハーディ詩の読み手であったフィンジィが、ハーディの個々の詩作品の隠れた本質的属性を読み取り、詩人自身も明示しなかったハーディ詩の総体に内在するある局面に光をあてて見せることによって、それまでは相互の関連性が薄いと思われていた作品たちが、ひとつの連携と物語とを与えられたということだ。言うまでもないが文学作品が生きたひとつの世界として立ち上がるためには読者の積極的受容、作者に共犯者として協力する創造的読者がいなければならない。その意味で、好きな詩人の新作を誰よりも首を長くして待望し、出版されればすぐ手に入れて読みふけっていたフィンジィは、まさにハーディ詩のすぐれた共犯的創造者であった。

ハーディの詩は、たとえ抒情詩であっても基本的には感情の表出、叙情的歌唱であるよりも、時間の移ろいとともに表情を変えてゆく自然や人生のある一瞬に、対象が、突如として見慣れた日常の相とは違う異貌のものへと変容し、詩人の想像空間の中で、現実とも夢幻ともつかぬ物語性をおびて劇的に展開してゆくさまを、イメージ豊かに追駆しているものだと思う。「物語」へのかすかな予感と期待、「物語」を同時進行的に経験することの心躍る昂揚と突然の喪失感、果てしなくつづく悔恨と自責、そして失われた存在の不断の再造形――そのすべてがハーディの想像空間に鮮明なイメージの軌跡を残して去来し、詩の内実を織り上げてゆくのである。

ここではハーディの詩に内在する、圧縮された物語性の萌芽ともいうべきものを感知し、その萌芽の促成をもって、独自の視点から原詩に新しい物語性を付与したフィンジィのこの歌曲集を例にとり、詩人の精神の紗幕に投影された、詩人自身の表現を借りれば「自分自身の描き出す幻想」("fantomn of his own figuring") なるものをめぐる影絵芝居が、詩人の心情の水底を揺り動かして、水面に物語のさざ波をかきたてるさまを、しかもそれが、パノラマ的人間模様の描写（小説世界）に向かうのではなく、自己の内面にうごめく記憶の蘇生、未生の虚構の物語を紡ぎ出させるさまを、具体的に見てゆくことにしたいが、そのまえに、いささか抽象的な作業となるかもしれないが、ハーディ自身の言葉と、エズラ・パウンドの言葉とを参照しておきたい。

四

ハーディの詩集には、初期から短いながら意味深長な序文がつけられている。まず『ウェセックス詩集』（一八九八年）の序から。

(1)〔……〕あまり例は多くないが、詩の幾篇かは既に散文に書き換えられ、散文として印刷に付されたものもある。収録作品はおおむねその構想において演劇的、ないし登場人物の台詞めいたものになっている。しかもそのことは、誰が見ても明らかに演劇的ではないような場合においてさえそうなのである。

次は『過去と現在の詩』（一九〇一年）序から。

(2)この巻の主題についていうならば――物語以外の形式をとっている場合においてさえ――たとえ明らかにそうあろうとしているわけではないときでも、多くは劇的ないし演技者的なものである。その上、個人的と見なされてもいいような箇所でも、大きく隔たった雰囲気や状況の中、個々別々の時期に書き留められた感情や空想が、ひと連なりのものに仕立て上げられている。

三番目は『時の笑いぐさ』（一九〇九年）序から。

(3)こうして雑多な作を集めてみると、遠く時を隔て、また対照的な雰囲気や状況のもとで書かれた作品間に、しっくりとした調和がいささか欠けていることが明らかになってくるだろう。それは致し方ないところであるが、このなにやらまとまりの悪い感じも、とくに一人称で書かれた抒情詩に関しては、それらが概して別々の人物による劇的独白と見なされるべきものであることを思い浮かべるならば、たいした問題とはならないであろう。

右の序文からの抜粋のうち、(1)と(2)では、ハーディの詩の目指す方向が、いわゆるロマン派以降の近代抒情詩において顕著な、主情的感情の表白、流露ではなく、エリザベス朝からヴィクトリア朝後期にいたる劇詩や対話詩や形而上詩の流れを汲むものであることが宣言されており、(3)では、特定的に、ロバート・ブラウニングの方法論と軌を一にするものであることが言明されているのである。

ハーディのこうした詩作意識は、ブラウニングからエリオット、パウンドに継承されて二〇世紀詩におけるモダニズムの流れを形成しているといえるが、このことに関しては以前にも触れたことがあるので繰り返さず、そのかわり、一見関わりがなさそうに聞こえても、深いところで共通する現代詩の書法の本質を語っている言葉として、ここにはエズラ・パウンドの文章をひとつ引いておく。

……詩的言語とはすべて「探求の言語」である。悪しき属文が始まってこのかた、物書きはイメージを装飾として用いるようになった。イマジズムの要諦は、イメージを装飾として用いることはしないところにある。イメージはそれ自体が語りである。イメージは、定式化された言語を超えた語である。

あるとき私の見ている前でひとりの幼い子供が電灯のスイッチに近づいて、「ママ、明かりを開いてもいい？」と言った。その女児が用いていたのは古来の探求の言語、芸術の言語だったのだ。それは一種のメタファーであったが、彼女はそれを装飾として用いたりしていたわけではなかった。（エズラ・パウンド『ゴーディエ＝ブルジェスカ、ひとつの回想』より。ついでながら、この Gaudier=Brjeska なる彫刻家の名前はなんと発音すればいいのか。同書によれば、パウンドはアルバート・ホールでの美術展でこの人物の塑像作品に目を止め、図録で作者名を確かめようとしたが、名前の文字をうまく発音できずに“Brzxjk—”とか“Burrzisskzk—”とか“Burdidis—”とか口籠もりながら読んでいると、どこからか突然本人が現れて、流暢なフランス語で、“Jaersh-ka”と申します、と言ったそうだ）。

このパウンドからの引用では「探求の言語 (language of exploration)」というキー・ワードの意味するところを本論の進行とからめて考えて行こうと思う。

さて本題の歌曲集『土と大気と雨』にまとめられた一〇篇の詩は、いま見たように、詩人の側に統一的な視点、一貫した物語があるわけではない。従って、それら一〇篇に何か貫流しているもの、アイディアと言っても、イメージと言ってもいいが、そのようなものが存在しているとすれば、それは、フィンジィが見出した共通項であり、また、ひとりひとりの詩の読者、あるいはハーディの詩にフィンジィの曲がかぶせられた「姉妹芸術」を受容する聴衆の、脳裏に浮かぶアイディア、イメージであるだろう。

ハーディと、フィンジィと、この歌曲集の聴衆とのコラボレーションを通じて立ち現れるリアルな影絵芝居を、順を追って辿ることにしよう。

五

フィンジィはまずその外題を、『土と大気と雨』という、文脈次第で抽象的にも具体的にもなり得る表現で集約している。ここではひとまずこの題のもつ力に注意を促しておく。

最初に一〇編それぞれの表題と、全詩集版（ジェイムズ・ギブソン編）における作品番号、原題、収録詩集名を一覧しておく。

第一曲　「夏の計画」

(514　“Summer Schemes”　*Late Lyrics and Earlier*)

第二曲　「ぼくがライオネスに出立したとき」

(254　“When I Set Out for Lyonnesse”　*Satires of Circumstance*)

第三曲　「ともに待ちつつ」

(663　“Waiting Both”　*Human Shaws*)

第四曲　「幻」

(294　“The Phantom” [“The Phantom Horsewoman”]　*Satires of Cicumstance*)

第五曲　「それでぼくは出かけたのだ」

(661　“So I Have Fared” [“After Reading Psalms XXXIX, XL, etc.”]　*Late Lyrics and Earlier*)

第六曲　「ロリクム＝ロールム」

(19　“Rollicum-Rorum” [“The Sergent’s Song”]　*Wessex Poems*)

第七曲　「リズビー・ブラウンに」
(94　"To Lizbie Brown"　*Poems of the Past and the Present*)
第八曲　「暦年の時計」
(481　"The Clock of the Years"　*Moments of Vision*)
第九曲　「教会墓地にて」
(491　"In a Churchyard" ["While Drawing in a Churchyard"]　*Moments of Vision*)
第一〇曲　「いまをときめく歌鳥たち」
(816　"Proud Songsters"　*Winter Words*)

第一曲

夏が来て、小鳥たちが野山に鳴き交わす季節になったら、二人して連れだって野に出かけよう。緑の木の葉が織りなす神殿の丸屋根に覆われた小川の源流まで遠出しよう。泉が沸き立ち、奔流となり滝となって岩間を降り、しぶきで濡れる草木が絶え間なく揺られながら生い茂っている源流を見に行こう。そういう、友か恋人への呼びかけ、誘いの言葉を口にした先から、でもその日がくる前に、どんなことが起こるか誰にもわからない、という不安が、二つの8行連からなる可憐なソングのそれぞれの連の末尾2行で呟きのように語られる。J・O・ベイリーは最後の行の「月(moon)」のイメージがハーディの詩においては冷酷な現実の象徴であって、不吉な予兆だというが、ここは月の象徴性よりも（第一、ここの「月」は文脈上、天体ではなく時間を示す言葉だし）、むしろ出発（逢い引き、ピクニク、旅）への憧れと期待の明るい気分と、不測の事態（拒絶、裏切り、死）への不安や恐れという暗く重苦しい気分との、交錯と葛藤という構図の方に注目したい。フランス象徴派以来、出発の歌は彼方への憧憬と彼地への出発の予告を歌う抒情詩と相場がきまっているが、「夏の計画」は、そこでは歌われていない劇的状況へと読み手の想像を誘う力が強いように思う。抒情詩でありながら劇の序幕といってもいい。曲調は、イギリスの田園風景を臨みながら夏（春）の到来を待つ人のうきうきとした心情を、風景そのままのなだらかな起伏をなぞる音階で進みながら歌い、薄雲がふと陽を遮っては流れ去るような束の間の転調をもって未来の漠然とした翳りを添える。

第二曲

この詩はハーディの読者なら誰知らぬ人とてないハーディ自身の実人生上の出来事に

関わる作ではあるが、その文脈はひとまず忘れて、第一曲の「夏の計画」との新たな文脈をたどることに意識を向けてみよう。フィンジィがどういう意識でこれを第二曲に据えたのかと忖度することよりも、読者＝リスナーである自分が「ぼくがライオネスに出立したとき」という詩を第二曲としてどう受容するかが問われているのだ。

この詩を第一曲を聞き終わったあとの心のトーンを持続したまま虚心に読むならば、第一曲「夏の計画」と基本的には類似の旅立ちの期待感を心の底に秘めて出立はしたものの、季節は一転して真冬であり、氷霧と星空の下を、百マイル彼方の遠地をめざす厳しい旅となっている。また、「夏の計画」の、出かける前に何が起こるかわからないという不安とは違い、こちらは出かけてみたら出かけた先で何かが起こったという結果と、その「何か」とは「何」であるのか、吉なのか凶なのかも定かではなく、眼に「不思議な光」を湛えて帰郷した「私」の身に何があったのか、どんな心境の変化が起こったのかを、周囲は測りかねてただ見守るばかりという。かすかな期待感と先を急ぐ旅の歩調、厳しくも森厳なる冬の自然の情景、予期せぬ出来事、その出来事の本質的意味を自他ともに測り得ずにいる宙吊りのような不安定な状態。この詩から読み取ることのできるそうしたさまざまな錯綜した要素が、フィンジィの曲にはすべて掬い取られているという感じで、一聴して忘れがたい印象がこころの底に刻印される。

第三曲

「ともに待ちつつ」は星と「私」との存在理由をめぐる根源的な一問一答であるが、先行の二作品からつづけて読む（聴く）と、第二曲の、冬の夜の遠い旅の、おそらくは帰路の途中でふと立ち止まり、振り仰いだ寒空にまたたく星に向かって、人間的状況に対する諦念とも忍従とも悟りとも解される独白として聴くこともできる。

あらためてこの作品のハーディ詩集の中で置かれている位置を想起すると、それは詩人の生前に出版されたものでは最後の詩集となった『人間模様、遠い幻想、ソングその他の詩』（一九二五年）の冒頭に置かれていて、考えようによっては詩集全体の基調を響かせている題辞のような小品といえよう。つまりそれは人生最晩年の瞑想的な短詩というわけだが、その単純で無駄な言葉ひとつない英語が運ぶ深い叡知と根源的な思索のデッサンともいうべき内実は保持したまま、ここ歌曲集では別の文脈の中で、新たな状況を生みだし、新たな物語性を帯び始めているのである。

星が空から「私」を見下ろして問う、「わたしと君は、互いにそれぞれのあり方でここにこうして存在している。君はどうするつもりかね。」第2連で「ぼく」は答える、「おそらくは、じっと待って、時をやり過ごすつもりだ、ぼくの死がやってくるまで」。星は答える、「わたしもそのつもりだ、そうするつもりだ」。いまかりに「死」と訳した英語は2連3行目の“change”だが、この短詩のハーディ詩集における位置から考えると確かに“change”は“The passing from life; death (OED sb. 1. d.)を意味すると解するべきで、その意味では死すべき人間である「ぼく」のみならず、星にも死が訪れるというハーディの宇宙観が、死を予感するこの作中の「ぼく」の無常観を相対化しているといえるだろう。しかしフィンジィの歌曲集の文脈では、遠いライオネスの異境から「目に不可思議な光」を湛えて帰郷した「私（ぼく）」が、孤独から立ち直るために、時間をかけても「変わる」しかない、と独語している構図として読まれ得るように思われる。つまり「私（ぼく）」の変化、移ろいのテーマが以後の詩篇に現れてくるのである。

第四曲

この「幻」と題された歌詞はハーディ詩の原題では“The Phantom Horsewoman”であり、エマを歌った作としてよく知られた名編であるが、フィンジィがそれをただの

「幻」と改題した理由は、おそらくこの詩のイメージをエマひとりだけに収斂させないための周到な配慮であったと思われる。内容的には、海辺に立ちつくして幻を凝視しつづける男の姿を、長い年月にわたって目撃している別の人物が語る形式になっている。来る日も来る日も変わらず海辺の同じ所にやってきて、身じろぎもせず佇立したまま、海の彼方に、疾駆する馬上の少女の幻を追いつづけてきた男は年々老いて行く。しかしその男の「魂を奪われた想念」の中では、騎乗の娘は永遠に老いることがない。語り手の人物は、変わることなく海辺に姿を現して中空に馬を駆る少女の幻を見つづけながら老いて行く男を、ひたすら目撃しつづける分身であり、時間を超えた「目」そのものと化したかのようでありながら、生身の男の外貌に現れた時間の暴威の跡である老いと、時間の魔手の届かぬところで永遠に変わることのない「幻」の若さとを同時に複眼的に見ているわけで、この詩の語り手の視点は、第三曲の「変化」と深く関わっていると考えられる。フィンジィの曲は、切迫したリズムと、息せききって疾駆する言葉の強烈なインパクトで聴き手を圧倒する。

第五曲

「それでぼくは出かけたのだ」は、自身の愚かさと優柔不断さゆえに失われた青春への悔恨の念を、いささかの軽みさえおびた口調で歌う。四行六連の各連最終行に、聖書詩編中の主を称えるラテン語を嵌め込むという、見方によってはモダニスト好みの多言語を使用したパッチワークめいた作風であり、反省と諦念と祈りの歌でありながら、どことなく、殊勝な心境の述懐と併行して諧謔のトーンが漂う。原題が「詩編三九、四〇の読後に」とあるのを、フィンジィは「それでぼくは出かけたのだ」と改題した。変化を求めての旅立ちを暗示させ、聖書詩編の荘厳さを薄めるために。

第六曲

「ロリクム＝ロールム」は一転して他愛のない、酒場で陽気に歌われる、ボナパルトを引き合いに出して酌婦を口説く軽薄な“seize the day”(carpe diem)の歌である。原詩は「軍曹の歌」だが、もとは小説『ラッパ長』の第五章に出る。ロリクム＝ロールムというのは連のおわりに繰り返されるリフレインで、いかにも俗謡風の陽気なかけ声。温和しく行儀よく澄ましていると、ボナパルト野郎の軍隊にやられちゃうよ、といって酒場で怪気炎をあげている庶民（兵士）の歌だ。

第七曲

前の歌詞が野卑な俗謡調だったのに対し、「リズビー・ブラウンに」は、同じように民謡、民衆詩であっても、エリザベス朝のソングの伝統を感じさせる、悲しい失恋の歌、あるいはエレジーを思わせる可憐な人間像と、やさしいメロディをもつ。リズビーの有為転変の人生模様を点綴するこの詩は、ほとんど豊かな本格小説の骨子と言ってもいいような物語の萌芽を秘めていて、そこには滔々と流れる時間が、圧縮され、封じ込められているのが感じられる。

第八曲

死んだ恋人を取り戻したいばかりに、まるで悪魔に魂を売るようにして、「霊」に頼み込んで時間のめぐりを逆転させてもらった男が、自分の都合のいいところで逆転を停止させてはもらえず、当の恋人が、どんどん小さく幼くなって、ついには未だ存在すらしていなかった過去にまで時間を巻き戻されてしまったところで、「こんなことならいっそ以前のように死んでしまったほうがましだ、少なくとも彼女のイメージがぼくの胸には生きていたのだから」と嘆いても、後の祭りとなる話。ここには変化、時間、死、イメージといった、先行の各詩編において鍵となっていた語や概念が、物語の萌芽のまま摘み取られた形で見え隠れしている。

第九曲

原題は「教会墓地で絵を描いていると」。教会墓地でスケッチをしている「私」が、いちいの木のさやぎに死者たちのメッセージを幻聴する話。恵まれた地上の生を享受している生者に向かっていちいの木は、死者たちが、運命の転変に翻弄されながらあくせく生きる生者たちとは違い、静穏な死の世界の生（?）を満喫しており、「賢者に取り巻かれ、見識も広くなったいまは、たとえ神様だとて、最後の審判のラッパでわしらを起こして欲しくない」と言っているのだという。この異体な話に聞き入りながら、「私」は静寂のもたらす雰囲気の中で、陽が薄れるにつれてそのような「物の見方」を受け入れる心境に傾いて行く。

ここの「物の見方」は、ハーディの原詩では“that show of things”とあるのを、フィンジィが“that view of things”と一語だけ改変しているテクストに即した訳語であって、“that show of things”ならば「物の見え方」であり、ハーディ自身のある詩集の題にある『人間模様（“Human Shows”）』の側に起点が置かれるものであろう。この曲では、人間模様の一例としていちいの木の怪異な話があるのではなく、「私」の物の見方を変革させるような、ある大きな“change”が、いまや到来、実現しようとしていることを予感させる。

第一〇曲

この歌曲集の表題が取られた行を最終行とする第一〇曲「いまをときめく歌鳥たち」では、四月が過ぎ（五月になれば）、のどの限りを震わせて鳴く小鳥たち（つぐみ、ひわ、ナイチンゲール）はまるで時間のすべてを所有しているかのようにわが世の春を謳歌しているが、ほんの一年かそこら前にはまだひわでも、ナイチンゲールでも、つぐみでもなく、ただの微細な粒子、土と空気と雨に過ぎなかったのだと歌う。第八曲「暦年の時計」において、恋人の死を取り消すことの無意味さを思い知らされ、死がかつて生きたことの証であるという厳然たる事実の意義を悟った男の心境が、この第一〇曲においてみごとな結晶となって光を放っているのである。

旅（人生）への期待と不安、旅先で経験した、魂を震撼させ人生を金縛りにするような秘められた経験、自己変革への意思、初志とはボタンの掛け違いのようにずれてしまった人生の間奏曲のような逃避的変節、あるいは紆余曲折の時期、悔恨と懺悔の日、迫りくる老いと死を見据えながら、生きた証としての記憶、イメージ、そして生の根源的意味を肯定できる境地。そういった要素をハーディの詩は、言葉のはしばしに潜在的に充填されているのであり、フィンジィはそうした要素のいわば隠れた露頭の塵を払ってひとつの物語を造り上げている。

現代の作曲家は、歌曲のテクストに選んだ詩の理想的な鑑賞者の位置にとどまらず、詩のテクストの隠された意味、隠された物語の萌芽を明るみに引き出して、新しい物語を紡ぎ出す。作中の語り手を personative な性格の人物として設定し、劇的独白体で作品を作り出したヴィクトリア朝のもうひとりの偉大な詩人ロバート・ブラウニングの場合、大雑把に言って個々の作品が他者の協力、他者の介入なしに物語として自立しているのに対して、ハーディの詩は、他者の想像力が関与して、ハーディが書かなかった物語を紡ぎ出すことを許す要素を含んでいる。それはエズラ・パウンドが引き合いに出した、"open the light"という表現のあり方、「探求の言語」でものを見る態度に起因する、詩の言葉と物語の言葉との同根性とでもいえる言語感覚に由来しているのである。

六

蛇足ながら、最後にひとつ、ハーディと並べて比較するわけではないが、面白い例を紹介して終わりとしたい。谷川俊太郎、山本容子、谷川賢作の共作『あのひとが来て』という、CD付詩画集（マガジンハウス、二〇〇五年九月三〇日刊）があり、その巻末によせた画家・山本容子の「脳のカタチをした迷路」という短文にこんな記述がある。

今までに書いた詩の中から、どの詩でも、何作でも選んでいいですよ。」と谷川俊太郎さんは笑顔で言われた。喜んだ。が、あまりに膨大な詩を前にして思った。「谷川さんの人生から、私が一つのストーリーをイメージすることができるのか。」冷汗が出た。

谷川さんの詩は宇宙の迷路だ。過去も現在も等しく運動している。そして未来すら「まどろっこしい存在」としてもう彼の予感の中では生きている。たくさんの詩を素材としてまずは粘土をこねるように一つのカタチを作ってみる。脳のカタチに似たベースが生まれた。脳のカタチをした迷路。そこを旅してみようと思った。まずは「旅」の連作八編を選ぶ。これは男の旅路だった。この道に女性性をからませたい。「真っ白でいるよりも」が似合う。谷川さんは時には女性にも変身する。変身するイメージは「あのひとが来て」で永遠になった。女性は少女だったし、老女にもなる。……（以下略）

このような作業は、ある文学作品を原作として（芝居やオペラの）台本を作るとか、文学に限らず他のジャンルを含め、ある作品からヒントなりアイディアなりを得て独自の作品を作り出すというのとは違い、あくまでも原作そのものの読み直し、解釈、批評、協同といった活動なのであり、現代においては多くの幅広い可能性をもつ、実作者はもちろん文学研究者にとっても注目すべき分野であることを強調しておきたい。

第二章

多様な詩心の小説への導入

森松　健介

この章のはじめに

ハーディに僅かに先立つ年代には、ノルウェーのイプセン (Henrik Ibsen, 1828–1906) がジャンルを超えた劇作をしていた。舞台上には現時点の出来事が展開し、それが時系《リニ》列《アー》沿いに進展するはずの演劇に、主役たちのアクション、夢、欲望などの表現のなかへ、巧みに彼らの過去の経験を織り交ぜたのである (Lothe 112)。同様にハーディは、他の文学ジャンルの要素を小説に持ち込んだ。ジャンル上の橋渡しが、物語の内容とともに形式の必須部分として働くことになる。ハーディの場合には、小説家活動の当初から、詩の要素も橋を渡って小説に入り込んできた。バフティン (Mikhail M. Bakhtin, 1895–1975)

が語った小説の《形態上の、主題上の範囲の広さ》(Bakhtin, 3–40)、言い換えれば《ジャンル上の柔軟性 generic versatility》によるものである。ハーディが語った「芸術は諸現実の（中略）不均整化である。当該の諸現実において重要な諸特徴を、より鮮明に示すための歪曲である」(*LW* 239) という言葉は、芸術のなかでも特に詩歌に当てはまると思われる。ミルトンにおいてサタンから《罪》が生まれ、《罪》からはまた《死》が誕生する非現実性、ブレイクにおける多くの人物から流出《エマネイション》や幽鬼《スペクター》が分かれ出るのはその極端な例である。ブレイクではまた人物が同時に都市であったり国であったりする。シェリーのレイオンやシスナ（『イズラムの叛乱』。巻末では両者ともに死んで、死の世界で幸せになる）、エイシャやデモゴーゴン（『縛りを解かれたプロメテウス』。両者ともに超現実的に悪しき権力を打ち倒す）も現実離れが著しい。テニスンの短詩においてさえ、シャロット姫の鏡も船出も死も日常の現実ではない。いや、《死》は、詩や悲劇では（レイオンとシスナの死のように）象徴ではあっても血なまぐさくなく、むしろ鑑賞者の心の浄化をもたらす場合さえある。ハーディは小説のなかで、むしろ詩人としてこの手法を用いたと言える。

悲劇を文学・文化に関連させる

ヴィクトリア時代の人びとは悲劇を演劇に限定するのではなく、広く彼らの時代の文学・文化に関連させて包括的にとらえていたとされる (Lothe 114)。ヴィクトリア時代の読者には死や最終的災厄は芸術作品中に想定されるもの (not unexpected) であって、彼らには悲劇は一つの人生観を意味した（同）。すなわちエルフリードの死、ジャイルズの、テスの、ジュードとその子たちの死はヴィクトリア朝の悪しき慣習と社会制度への強烈な抗議にほかならない。ジョン・ラヴディの死は反戦思想の具体化であり、ユーステイシアの死は《女の願望への抑圧》批判とも読め、ヴィヴィエットの死は女としての誠実な情愛と、年長の女としての母性的配慮を強調する効果を持ち、ヘンチャードの死は彼が最終的に還元される土着性・貧農性への価値づけを行う。西洋絵画を見れば、詩情が生じるのは、多くの場合、磔刑図、殉教図に見られる主人物の死からであり、これは同時に悪への強力な抗議となる。オペラやバレエに詩情が生じるのも、当然のこととして導入される終幕の死の場面からであることが多い（バレエ『白鳥の湖』の、旧ソビエト式ハッピー・エンディングは、西欧では不評）。これらはリアルな死ではなく、芸術機能の要請から来る死なのである。

小説中へ《詩心》を

ハーディの小説を毛嫌いされる優秀な英文学者が数多くおられる。これは、右に見たような（詩においてはむしろ常套的な）唐突で非現実的な方法（特に死の扱い）の小説内への導入がこの嫌悪感の一つの原因であろう。この章では、まずここにこれを述べた上で、ハーディの詩人としての、多様な発想、感じ方――つまり《詩心》がいかに小説に持ち込まれているかを探る。この詩心とは何かということを（死の扱い以外にも）いくつか定義して、その定義のたびに、小説内での詩心の発揚を具体例によって見たいと思う。

一　詩句が呼び起こす美の感覚

第一の詩心として、事物の美しさの認識をいかに適切な言葉で伝達するかという、素朴な定義から始める。

詩句が喚起することのできる美感については、かつて鈴木信太郎がかういふ一種の美的の感じは、私が詩を読むときにのみ得られるものではない。繪画からも、音楽からも、演劇からも、その他の藝術からも、心を打つ作品、演奏、上演、表現に出會った場合に、自然と感得する感じが、非常にこれに類似してゐるように思はれる。（鈴木 27）

と語った。これは信太郎が「ポエジイとは何か」をわかりやすくするために述べた言葉であった。私が「第一の詩心」として挙げるのも、この種の美的感動である。

自然美の認識を詩人の資質とする

ハーディは第五詩集の巻末詩「私がこの世から出ていったあと」（'Afterwards', 詩番号511）の最終連で、《私》の死去（債務の免除）を知らせる鐘の音が響き渡るときの情景を想像して、こう歌った——

私の債務免除の鐘が　夕闇のなかに聞こえてきて
吹き渡る風が、鐘の音を一瞬　はたと途絶えさせ、そのあと

また新たな音のように響かせるとき、誰かが噂してくれるだろうか、
「今はもう彼には聞こえまい、でもこんなことによく気づく人だった」と？

第五詩集の発刊時に、既に七七歳だったハーディは、この詩が辞世の歌となる可能性を意識していた（詩集の巻末詩の最終連を、かならずこの世への告別の言葉とする深慮遠謀は、第四詩集の初版《オリジナル》を初めとして、この第五詩集のあとの第六、七、八詩集の巻末においても踏襲される）。この人生の総括を示す作品のなかで、彼は自己の死を五月に想定し、この五月という月が「紡ぎたての絹のように繊細な、薄織りの新緑を／鳥の翼のようにはばたくとき」とか、また死期を冬に見立てて、「冬という季節が星の満ちる大空を見上げるとき」とか、自己の死の直後の風景そのものを美として表現する。こう表現して、《自然》の微妙な美しさを認識できる自分を詩人の名に値する男として世に示す。小説で言えば、この能力は特に『緑樹の陰』（*Under the Greenwood Tree*, 1872）、『はるか群衆を離れて』（前出、1874）、『帰郷』（*The Return of the Native*, 1878）、『森林地の人びと』（*The Woodlanders*, 1887）、『テス』（*Tess of the d'Urbervilles*, 1891）における自然描写、風景描写に発揮されている。

以下、確認のためにその実例を並べてみる。

異なる樹木の独自の声

『緑の木陰』の冒頭では、「森に住む人びとにとっては、ほとんどすべての種類の樹木が、その姿の特徴だけではなく、独自の声を持っている」として、

風が渡るときには、モミの木はその揺れ方だけではなく、すすり泣き呻くその声もまた特徴的である。ヒイラギは自分自身と戦うようにして口笛を吹く。トネリコは小刻みに震えつつシューシューッと鳴る。ブナは水平に張った大枝を上下させつつ、ざわざわと騒ぐ。落葉樹の声音《こわね》を変えてしまう冬でさえ、その個性を失わせることはない。

先輩詩人の田園描写の受け継ぎ

これは森の描写であるとともに、森の住人の住環境をも読者に体験させる。一八世紀のジェイムズ・トムソン、一九世紀のコウルリッジ、シェリー、キーツ、ジョン・クレ

アが詩のなかで描出した田園の雰囲気を、これは小説のなかで醸し出すのである。詩の機能の一つは、圧縮された端的な言葉で読者に他者の体験を痛切に共有させることだから、森の臨場感を与えてくれる点で、上記の一節は詩的と言える。その体験に美感が伴うのだから、さらにこれは詩的に感じられる。

実景以外の《魂》

一八八九年一月にハーディはターナーの水彩画を見て「その一つ一つが風景プラス人の魂だ」と書いている (*Life* 216)。彼は小説を書き始める前の一八六六年ころから、昼食後の二〇分を利用してナショナル・ギャラリーで絵画を見ていた (*Life* 52)。自己の、言葉による風景描写のなかにも、単なる実景以外の《魂》(これを詩的洞察、詩的美の源泉と筆者は呼びたい) をそこに吹き込むことを心がけたにちがいない。

自然描出の適切な比喩

『はるか群衆を離れて』の場合には、比喩や状況抽出の優秀性がさらに濃密にトムソンやクレアを受け継ぐと感じられる。人の気配の途絶えた丘の上で「溝のなかで乾いた落葉は、風が吹くたびに煮えたぎり、沸騰した」（第二章）とか、「時おり風の舌は、数葉の落ち葉を穴から追い出し、独楽《こま》のように廻しながら草地の向こうへ飛ばしていった」（同）とか、自然描写の比喩は連続的に現れる。「穴から追い出し」は、思いがけなくも、狐が鼬《いたち》を巣穴から追い出すための言葉 (ferreting out) によって表現され、そのあとは糸車の回転 (spinning) によって示される（上記の拙訳では、糸車の回転は今日の読者にはイメージが掴みにくいので独楽に助けを借りた）。また夜道をたどる哀れにも孤独な身重の女ファニィを描きつつ「今や彼女に付き添ってくれる葉のざわめきひとつさえなかった。風のそよぎ、かすかな小枝の擦れさえ、聞こえなかった」（第四〇章）と書き、「付き添ってくれる (to keep her company)」という目立たない比喩で、彼女の陥った孤独な状況を、示唆的に、しかも心のなかまで読者に対体験させる。このあと、彼女を救貧院まで運んだ犬は「友《フレンド》」と表現され、前記の比喩のなかの 'company' がさらに生きてくる。「友《フレンド》」は「味方」をも意味するので、彼女には人間界には、もはや味方がいないことが言葉の外に示される。貧しく、男に捨てられた一九世紀の女の孤独はこのとおりである、という意味合いが加わって、これはさらに詩的な表現となる。

詩のなかの雪

次には雪の描写を、短詩と『はるか群衆を離れて』とで見比べてみる。

郊外の雪（*Snow in the Suburbs*, 詩番号 701）

枝はすべて、雪をまとってふくらみ
　小枝はすべて、雪に曲がって白み、
枝先はすべて、白い蜘蛛の足になっている、
街路と舗道は、すべて静まりかえっている。
いくつかの雪片は途中で迷い、手探りして、ふと上手《かみて》に昇り、
くねくねと落ちてくる雪片に出逢ってふたたび舞い降り、
杭を並べた柵は、互いに密着して白壁となり、
風は一吹きもせず、羊毛のような雪は静々と散り、
　雀が一羽、木のなかに滑り込む、
すると直ちに　雪が雀になだれ込む——

雀の躯《からだ》の三倍の大きさの雪のかたまり、
雀の頭と目の上に落下。雀は居竦《いすく》まり、
あげくは、あわや転覆させられる姿、
あとすこしで雪に埋められそうな姿。
かたまりはさらに下の小枝に乗る。すると小枝は他を揺する、
積もっていた他の雪塊が、どっと一斉に落下する。（以下略）

描写詩の特性を『はるか群衆を離れて』のなかへ

この詩はきわめて優秀な描写詩である。この詩的描写の適切さを、ハーディは小説にも持ちこむわけだ。こんどは上記の小説のなかで、ファニィ（右に見た、犬のみを味方とした女）が雪のなかで描かれる場面を見る。

空いっぱいに混沌として群なすこの雪片から、牧草地も荒野も刻々と雪の衣を重ねていったが、それによって、ただ刻々といっそう裸体をあらわにしてゆくように見えた。上空の巨大な雲のアーチは奇妙に低く垂れ込め、いわば大きな暗い洞窟の

天井をなしていた。この天井が、次第に床の上に沈んでくるふうである。なぜなら、この情景を前にしては本能的にこう感じられたからだ――いま天の裏地となっている雪と、大地の表皮となっている雪とは、まもなく接近結合してひとかたまりになり、両者のあいだの空気はなくなってしまうのではないか、と。（第一一章）

散文のなかの詩の言語の重層性

この一節は上の詩「郊外の雪」に劣らず、大雪の情景を読者に肌身で感じさせる。であるが、この引用は、ファニィの心境、彼女のその後の運命を示唆する点で、詩の言語の重層性を散文のなかで活かしている好例として見ることもできる。またこの小説の主人公のゲイブリエルが《自然》と闘い、《自然》を善用できる人間として描かれていたのと対照的に、ファニィは《自然》のなすがままにされる人間の代表となり得る。優れた詩編「郊外の雪」にも優る詩的描写を、ハーディが小説に持ちこむさまが、ここから感じとられるだろう。

トムソン『四季』の嵐の描写

次にはハーディが大きな影響を受けたトムソンの嵐の描写とハーディのそれを較べてみる。最初は、両者がともに描いた嵐の最初の気配である。

トムソンでは

白茶けた空間一面、恐ろしげに
前触れとなる沈黙が支配する――沈黙を破るのはただ
山のほうから、嵐に先立って、ごろごろと地上に響いてくる
鈍い雷鳴のみ。雷鳴は川面を波立たせ
風を一吹きささえさせずに　森の木の葉を震わせる。（『四季』「夏」1116-20）

これに対応する『はるか群衆…』の嵐

ハーディもまた、第三七章の最初の一文で「蛍光を発する翼が空を横切ったような輝き」と、ごろごろという音を描いて、壮大な雷雨の場面の幕開けとする。またこれに先立つ第三六章の冒頭で、地上の風向きとは異なる方向に、しかも互いに直角に交わりな

がら流れる雲、その雲を透かして見える「不気味な金属色をした月」、ステンドグラス越しに見たような野面を描き、「雷がすぐあとに近づいていた」と書いている。そして主人公オウクが、人間以外の生物の、嵐を、或いは雨を、あらかじめ察知する様を観察している描写が続き、そのあと

大口あけて地球を鵜呑みにしようとする得体の知れない竜の唇から吐き出されるような、生暖かい風が南から彼を煽った。一方、それとは真反対の北のほうから、風にまともに逆らうように不気味で不恰好な雲が湧き起こった。あまりに不自然にその雲は湧いたので、下方から機械装置で持ち上げられているように感じられた。その間に、かすかに小さな雲の群れが、怪物に覗き込まれた若い雛鳥さながらに大きな雲を恐れて、南東の空の一隅に逃げ帰っていた。（第三六章終わりから二頁目）

という具体描写を見せる。今日の小説読者には読み飛ばされる箇所かもしれない——なぜならこれは、トムソンが不動のものとした英詩の伝統の上に書かれた箇所であって、小説読者の期待する描写ではないからだ。

『四季』の暴風の具体描写

他方、さらにトムソンでは

狂い立った大気全体が、目には見えない巨大な
強力な流れとなって、猛烈な速さで
世界を鳴り響かせながらどっと流れくだると、
森はかがみ込み、根元まで曲げられて
まだその時でもない木の葉をさらさらと驟雨のように散らす。
強く打ちつけられて木の枝が輪を描く山々は、むき出しの荒野から
この嵐を渦巻きとして吸い込んで(eddy in)、勢いを消散させ、
暴風を奔流と化して、谷間の下方へ追い落とす。(「秋」317–24)

ハーディの暴風の具体描写

この見事なトムソンを読んだあとでも、ハーディの嵐の描写は、これに劣らず《詩的》と呼んでよいだろう——私たちは、トムソンがその代表である前期ロマン派詩人以

降のクーパー、シャロット・スミス、ワーズワース、シェリー、キーツなどの自然描写を《詩的》と呼ぶのだから。ハーディでは、月が黒雲に閉ざされる様子は「戦争に先立つ大使の別れだった」と描写され、雷光が輝くたびに、その束の間の光のなかに、生垣や立ち木が、線描版画のようにくっきりと見える（これもまた、小説の筋書きだけを追う読者には読み飛ばされる箇所である）。

閃光の方向にある牧場には、ひと群れの若い雌牛たちがいた。閃光の一瞬には、雌牛たちがこの上なく激しく狂おしくあたりを疾駆しているのが見えた。牛たちの踵と尻尾は空中に高々と振り上げられる一方、頭部は大地に向けられていた。

（第三七章）

トムソンの「秋」に見る嵐の被害

そしてこの嵐による被害はトムソンでは（一八世紀前半は、農民の苦労を自然詩のなかで歌うのは異例であったにも拘《かか》わらず）次のように歌われた——

丘また丘から、数限りない流れが真っ赤に染まって
荒れ狂いながら轟き、川は、堤を超えて高々と
その水位を高める――その猛烈な潮の前には
牛たち、羊たち、収穫物、農民の小家屋、そして農民たちが
皆つきまぜられて押し流される。風がなぎ倒さなかったすべてが、
苦労に満ちた一年の大きな希望、見事に稼がれた宝の山が、
荒々しい一瞬のうちに、破滅に出遭う。
どこかの高所に逃れた農夫は
無力にもただ、この惨めな残骸が
流れゆくのを目撃する。（「秋」337–46）

と描かれる。一九世紀にシェリー、バイロン、キーツやテニスンが打ち出した恐怖すべき《自然》の相の先取りである。

非人間的他者としての《自然》

この自然の暴威描写に対応するように、ハーディでも「天国の光」のようだった稲妻のあとを追う雷鳴は「悪魔の雄叫《おたけ》び」と表現され、雷が間近に落ちたとき「そのとき、天はまさしくぱくりと開いた」とされ、雷光の一つが、主人公オウクの作った避雷針に落ちると「猛り狂った宇宙のすぐそばに並べられると、恋愛も生命も、すべて人間的なものは小さく、取るに足りないもののように見えた」(第三七章終わりから五頁目)として描かれ、嵐の翌朝には、農作物を台無しにされた貴紳《ジェントルマン・ファーマー》農場主ボウルドウッドの窶《やつ》れた姿が登場する。この貴紳とオウクとの対比が、後者の嵐との闘いを美と感じさせる。

詩的象徴美の創造

これに匹敵する、詩的美意識に満ちた自然描写は、ハーディの他の小説にも溢れるほどに多用される。しかし鈴木信太郎のいうポエジイ、「一種の美的の感じ」は、こうした自然描写のみに現れるのではない。『帰郷』冒頭のエグドンの描写は、自然美以上に、詩的象徴美を示している。「簡素でありながら壮大な」エグドンの夕べの情景を描いたあと、ハーディはエグドンの峻厳な《美》を描くのだが、それは伝統的な美の描写ではない。「二倍も大きい宮殿正面の偉容よりも、遙かに大きな威厳が、牢獄の正面に与えられている場合が多い」——このように表現される《美》である。苦悩の多い現代では、正統的な美がすたれて、今やこの種の峻厳な美がそれに取って代わろうとしているとハーディは書く。この新たな美の理解者としてやがて主人公クリムが登場し、「正統的な」意識と欲望を持ったユーステイシアとの価値観の対立がやがて明らかになる。しかもハーディは、既にここへ「牢獄」の一語を用いて、エグドンがやがてユーステイシアの牢獄となることをさりげなく示す詩的象徴性を発揮している。

慣習的美意識からの脱出

それだけではなく、このあとすぐに、華麗な美の基準とされた「テンペの渓谷」は現代人の感性には合わないという一節を加えて、観光地や都会の華やかさから隔絶されたこの荒野の特徴を示唆する。実はテンペが示唆する慣習的美への拒否は、はやばやと前期ロマン派のトマス・ウォートン (Thomas Warton, 1728–90) の「《憂愁》の歓び」(*The Pleasures of Melancholy*, 1745; pub.1747) に、極めて明快に表明されていた——崇高、厳粛、闇が、慣習的美の対極に置かれる点も、ハーディの美意識と似ている。

おお私を導いてくれ、崇高な(sublime)女神よ、
私の気性に合った　厳粛な暗がりへと。物寂しい木蔭へと、また
廃墟となった場所へと、薄闇に閉ざされた庵《いおり》と四阿《あずまや》へと。
そこでは思慮深い《憂愁》が喜んで思いに耽るだろう、
《憂愁》の好む真夜中の風景について。色鮮やかな《春》の
笑顔ばかりの光景は（中略）もはや魅力を与えてはくれない。
テンペの谷よ、もはや私は、香り豊かな君のそよ風を求めない、
緑の渓谷たちよ、さらば！　綾取りあくどい花の野よ、さらば！

(T. Warton: ll.17ff.)

——すなわちこの想念もまた有名な詩のなかの思いだったのである。

閉ざされた空間エグドン

これを熟知しながらハーディは小説中へこれを呼び込み、一方で都会の華やかさにも（ユースティシアのような）女性一般が憧れることを見てとっていた。エグドンをこの種

の華やかさから完全に閉ざされた空間とし、さらに中産階級の末端に位置するユーステイシアにふさわしい階級の男性として、精神内容の貧弱なワイルデーヴと、一般の人びととの感性から遠く隔たった、詩人的なクリムを配する（階級間格差という障壁によって、ユーステイシアの恋と結婚への願望が妨げられているのもこの小説の副主題の一つである）。ユーステイシアの願望が充足される空間は、どこにもまったく用意されていない。「牢獄」への言及が、詩的象徴性を帯びていたことは明らかではないだろうか？

詩的映像マーティ

詩独特の美を小説に導入した例として、今一つ、『森林地の人びと』の最終場面を挙げよう。マーティが、一時も忘れずに愛してきたジャイルズの墓前に立つ姿は、次のように描かれる――

この孤独で無口な娘は、すらりとして華奢な姿で月光のなかに立った。襞《プリーツ》の折り目さえないガウンに身を包み、女性としての肉体の輪郭がほとんど眼には見えないほど未熟で、夜霧の立つ時刻のために貧困と労苦の痕跡がかき消された彼女の姿は、ところどころで崇高の域に達していた。それは、より高貴な、抽象された人間性を得るために、女性としての属性を惜しげもなく拒絶してしまった存在であるかのようにさえ見えた (As this solitary and silent girl stood there in the moonlight, a straight and silent figure, clothed in a plaitless gown, the contours of womanhood so undeveloped as to be scarcely perceptible, the marks of poverty and toil effaced by the misty hour, she touched sublimity at points, and looked almost like a being who had rejected with indifference the attribute of sex for the loftier quality of abstract humanism)。彼女は腰をかがめ、先週グレイスと彼女自身が供えた、今は枯れ果てた花々を片付けて、代わりに瑞々しい花を供えた。（第四八章末尾。枯れた花もグレイスの愛の枯渇を示す詩語）

マーティ像は滑稽か？

――このマーティの姿は最近では大きく貶められている。マーティをワーズワースの詩編「廃屋」のヒロイン・マーガレットの書き直しだとするムーア (Moore 128ff.) の説自体は卓見である。マーガレットの夫が軍人になることによって得た金子《きんす》をそっと窓においてて彼女から去る場面と、マーティが貧困を救うため、自慢の頭髪を売り渡すかどうか考えこむ自分を見つめる金貨――髪《かつら》を作るために彼女の髪を買い取ろうとして理髪師が誘惑的に置いていった金貨――の場面、マーガレットとマーティが、それぞれ愛する男を思い続ける純情、両作品が描く貧困、両作品にともに描かれる楡の木のそばの田舎屋《コッテジ》など、共通点が極めて多いからである。しかしムーアはマーガレットの、去ってしまった（おそらくは戦争で亡くなった）夫への愛と貞節を高く評価する一方で、マーティのジャイルズへの純愛は、虚しい無意味なものだとしている（同）。

マーティはポジティヴな映像

しかし『森林地の人びと』を精読してみたい。ハーディがこの場面に積極的な意味を与えていることは、マーティの最後の科白《せりふ》からも明らかである――

　この先も、唐松の若木を植えるときはいつも、あなたほど上手に植えることのできる人はいないとわたしは思うでしょう。角材に鉈《なた》を当てるとき、林檎酒絞り機を回すとき、いつだって、誰もあなたのようにできる人はいなかったって言うわ。わたしがあなたを忘れるくらいなら、家も天国も忘れたほうがいいわ！（中略）でも忘れない、忘れるものですか、恋人よ、絶対忘れることなんかできるものですか、だっていい人だったんだから、いいこと一杯したんだから！（第四八章最末尾）

そしてこの小説はハーディのお気に入りの作品だったことも申し上げたい。今日、ムーアに限らず、こんな無益な恋愛なんて読むに値しないという意見が多いのは、詩歌における純愛が伝統的に、ちょうど絵画における抽象観念を人物で表す意味でのアレゴリーとして（日常の現実を超越したかたちで）表現されたことを一般読者は忘れてしまい、小説のなかに詩や古典絵画の伝統を読めなくなったためではないだろうか？

詩的な遠隔化を蒙っているマーティ

マーティは明らかにマーガレットの書き直しであるが、ムーアの評価とは正反対に、彼女はマーガレットの純粋な後継者で、両者間には愛の質に何らの落差も存在しないと感じとるべきであろう。違うのはマーティのほうがより詩的な遠隔化、すなわちリアリズムから遠ざけられたアレゴリーとなっている点だけである（ワーズワースの「廃屋」以上に、この場面は詩的だということである）。遠隔化は同時に非現実性を生む。マーティという理想像から、現実としての人間界が断絶されている感覚は当然、ロマン派的苦悶を呼び込む。こういう苦悶を、文学の贈り物（現実の醜さへの新たな認識、求めるものが作品のなかにこそ存在するという歓び）として受け取るのが、詩の読み方の一部である。リアリズム小説を読み慣れた読者が、このような反リアリズム的詩法の小説への闖入にとまどうのは理解できるが、この点でも小説家ハーディが本質的にイギリス詩の伝統のなかにあることが判る。

反・美貌による美の創出

マーティが美貌を持ち合わせていないことが、作品当初から彼女の《美》を作り出すのである。英詩のなかに現れる女の美しさの大半は（例外としてキーツの一面、D・G・ロセッティや、ラファエロ前派的美意識の流れを汲むスウィンバーンとモリスを除くとすれば）表面的な肉体美ではない。ブレイクは貧しいがゆえに美しい女性や子どもをたびたび描いた。一例として『無垢の歌』の「聖木曜日」（'Holy Thursday'　この行事は一七八二年に始まった）を読むなら、この日に極貧民の子や捨て子を預かる施設から、セント・ポール聖堂に何千人もが来て歌う（この詩の図版の一つには、外面的にさえ美しい少女も描かれてはいるが）――

おお何と多くが咲き誇って見えることか、この子ら、ロンドンの花たち！
組となって座る彼ら彼女らのなりかたち、花たち全てが輝く出で立ち、
群れなす男女の子たちはざわめく、だがこれは群れなす子羊《ラム》たち、
何千もの幼い男の子、女の子がけがれのない手を挙げる様かたち。（5–8）

困窮の徴《しるし》あらわな花々

「花たち」として歌われるのは最も貧しい子たち（孤児等）で、外面の美しさを飾ることができないことに心を向けるべきである。さらにブレイクの『無垢の歌』から例を挙げれば、「肌の黒い幼い少年」（'The Little Black Boy'）の黒人の母親も貧しく、それゆえに美しい。周囲からいじめられているに違いない幼い愛児に向かって、日常の生活も苦難に満ちていたに違いない母親が、美しい心を籠めて語りかける言葉を読んでみるなら――

ご覧なさい、昇るお日様。あそこに神様がおられるの、

光をくださるでしょう？　暖かさも投げてくださるの、
花々、木々、動物たちもまた人も、この朝の喜びのなか、
慰めを受け取っているのです、この昼の明るいさなか。(9–12)

——白人社会での差別から子を護る言葉が、この美を創り出す。

貧しい保母と孤児たち

また『無垢の歌』中の「谺《こだま》する緑地」('The Echoing Green') の図版に見える三人の貧しい保母が、孤児と思われる少年少女 (Gardner'86: 15) を遊ばせる姿——

空飛ぶヒバリと　歌鳥ツグミ、
藪から生まれた　小鳥の恵み、
緑地に次第に大きく響き、
鐘と溶けあい、辺《あた》りに靡《なび》き、
子たちの遊びが、緑地に見える、

ブレイク「谺する緑地」

緑地はこだまを返してくれる。(5–10)

——保母も貧しい庶民が担当した(同:全編)。ブレイクはこの種の女の心の美しさを描く。

ワーズワースにも貧者の美しさ

ワーズワースも貧困の中にあるからこそ美しい女性を何と数多く、詩のなかで造形したことか!『抒情民謡集』の「彼女の両眼は惑乱して」('Her Eyes Are Wild')は、夫に逃げられ、海を越えて異国に来た女を描く。第二連以下は女の独白で、「狂っている」と世間には思われ、男の赤子をただ一つの慰めとする彼女の境遇が歌われる。

坊やにインディアンのお家を作ってあげる、かあさん、作り方、知ってるからね、
特別上等の柔らかなベッドになる木の葉でね。(中略)
坊やには何よりも美しいものを教えてあげる、
梟がどんなふうに啼くかを歌ってあげる、(中略)

かあさんは知っているからね、食べ物になる地の底の豆を、
だから可愛い坊や、怖がらなくてもいいんだよ。(55–6; 81–2; 96–7)

――森へゆき、そこで永久に暮らす母子は、美しい心根にもかかわらず、流浪する民になるしかない。貧者の美しさを描く点でも、ワーズワースはブレイクに匹敵する。

インディアン女として描かれたイギリスの女性

「見棄てられたインディアン女の嘆き」(Wordsworth: 'The Complaint of a Forsaken Indian Woman')は、当時のイギリスの貧民生活をアレゴリカルに歌っている。インディアンは、群れ（一般市民を象徴）について行けなくなると、わずかな水、食料、燃料を与えられて置き去りにされる。インディアン女性（落伍した英国貧民を象徴）は、群れから離れるとき、赤子を他の女に委ねなければならない（貧しい母親が救貧院に赤子を預けた［捨てた］イギリス状況の象徴）。赤子はそのとき、両手を伸ばし、躯《からだ》じゅうに強い感情が走ったふうに見えた。その身振りは、まるで、

母のために力一杯努力して、大人になろうとするしぐさ、
橇《そり》を曳ける、屈強な男になろうとするしぐさ。
〔……〕可哀想にも、母に見棄てられるわが子よ、
幸せな心持ちでかあさんは死んでゆけるでしょうに、
もし、かあさんがもう一度、お前を抱くことができれば、まな子よ、
わたしの末期の想いは幸せなものとなるでしょうに。(37–8; 65–8)

これらの貧困のなかにある女の美は、ギレリス(Emil Gilels, 1916–85)の弾くラモー「村の女性」(Rameau: 'La Villageoise', ギレリスは貧しさを意識して弾く。YouTube にあり)の文学版である。

マーティの木製の雨靴

マーティはまた、ぬかるんではいない場所を歩くにも木製の雨靴を履いている。重い木材を慣れない手で削って病む父を養っているこの少女の描写とともに、貧困の象徴であるこの木靴でさえ、彼女の美の源泉として用いられている——というよりも、詩のな

かでなら、これは美と感じられるはずである――テニスンの長詩『イーノック・アーデン』にみられる純愛は、このマーティの純愛ほどには精髄化されてはいないのに、また作品自体には感傷的なヴィクトリアニズムが多少漂うのに、この作品がそれでも多量に有する富裕とは絶縁されたポエジィのために、いまだに多くの人びとが評価するではないか？　またあまり知られていない詩だが、ジョン・クレアの「死せるドビンについての農業労働者の独白」（森松 '14A：201）のなかで、人間が使えるだけ使った果てに、草も乏しい野面に放置して餓死させた名馬ドビンの遺骸に、祈りを捧げようと、重労働のあと、その野面に駆けつける老いた貧農ネイサンの心根もまた、この種の美を輝かせる。

二　複数の意味を同時に感じさせる詩的言語

さて第二の詩心に移って述べたいと思う。この詩心はテクストの持つ重層性にも見られることを指摘したいのである。良い詩では、言語が単一の意味から成り立っていることはまずあり得ない（この明快な一例として、二〇一四年のイギリス・ロマン派学会年次大会では、木谷厳が、この観点からシェリーの「オジマンディアス」に見える意味の重層性を精読した)。それに反して小説の文章は大半が単一の意味を伝える(もちろんそうではない小説もあり、ハーディが好例である。チェーホフ、マンスフィールド、カフカ、樋口一葉、宮沢賢治、庄野潤三など、詩的小説を書いた作家は多いが)。

「歩いている死者」

まずハーディ自身の短詩 'The Dead Man Walking'(詩番号166)の一連を原詩で見ると(肉体のみが生きていて、心は死んだ男=たぶん詩人自身を描いている詩である)、

There was no tragic transit,
　No catch of breath,
When silent seasons inched me
　On to this death. . . .

(表面の意味=悲劇的移送はなかった/呼吸の捕獲もなかった/押し黙った季節まで季節が、この死へと/私を少しずつ動かしていったときにも)

――一行目の‘tragic transit’「悲劇的移送」には、まずあの世への移送が、ついで葬式の後の墓場への移送が示され、また（肉体的には死んでいないのだから）容貌・外形などの《移動》も示唆される。二行目の‘catch of breath’「呼吸の捕獲」には、死神が捕虫網のようなものを持って人間の呼吸を奪って行くイメージとともに、死に際の呼吸の乱れと喘ぎ(catch)が示唆される。三行目の‘inched me’「私を少しずつ動かした」には、死へ近づけた意味のほかに、年月が押し黙りながら、いつのまにか《私》に打ち勝って(inch)ゆく様子が表現される。詩的言語《テクスト》の本格的重奏はさらに複雑なのだが、ここではこの判りやすい詩のみで、私の意味するところが伝わると思う。

全詩集を先導する第一詩集巻頭詩

今度は大型の詩的意味の多重構造の例である。第一詩集の巻頭詩「仮のものこそ　世のすべて」（詩番号2）そのものが良い例である。青春のロマンチックな希望は実現されず、人生は散文的なものでしかなかった――

　ただちに良いものになり替わるはずの、恋人を、友を、家を、

《運命》も僕の手に成る達成も　改善してはくれなかった。
僕の地上的前進が示しえたものは　ただ一つとして
確《しか》と示されたものを　凌ぎはしなかった！
(Mistress, friend, place, aims to be bettered straightway, / Bettered not has Fate or my hand's achievement: / Sole the showance those of my onward earth-track— / Never transcended! ll.21–4)

と語り手は嘆くのであるが、これはペッシミズムだろうか？　一旦はそう見えるように仕組まれてはいる。しかしハーディの九四八編の詩すべてを読めば、動かぬものとして示されたとおりの人生（'the showance' 意図的に珍妙な用語を用いて確定した自己の過去を表している）を、ハーディ詩集の語り手たちは如何に意味深いものとして語っているかが判るはずである。つまり、この巻頭詩からして、表面で言う人生の脱理想性、反ロマン派性のうらに、並々ならぬ人生肯定の精神が表れているのである。彼の詩の集積全体 (corpus; oeuvre) の基調が巻頭詩によって、否定と肯定の二重構造になっていることが示されることになる。

多層テクストをなす場面

ここで目を転じれば、ハーディの小説では、詩と同じに、何と多くの重要場面が重層性を構成していることか！　ごく単純に、朝早く働いている美女テスを描いて「美しい女性は真夏の暁には眠っているのが普通である。だがテスはクレアのすぐ近くにいた。残余の女はどこにもいなかった」（九章）と書くだけで、テスが貴婦人以上に美しいこと、労働とは連想され、華美とは無縁の女性であることが浮き彫りにされ、朝のすがすがしさの中で見られる美女、緑の葉に縁取りされた絵画の中の美女という連想が生まれる。

『はるか群衆を離れて』の羊の落下場面

より大きな場面として、まず自然描写で意味の重なりの強いものを挙げてみたい。ゲイブリエル・オウク（『はるか群衆を離れて』の主人公）が羊をなくしたときの場面である。羊が落下した崖下の池に映る余命いくばくもない月は《絶望》を示唆し、それを追う明けの明星が逆に《希望》を示す。風に吹かれる月影は、水面でばらばらになるだろうとオウクが予感したのに、月影は引き延ばされただけで、粉々にならない。そしてこのあとオウクは、粉々にはならず、立ち直って、果敢に人生を切り開く。

『はるか群衆』の結婚破綻の場面

同じような心理描写と自然描写の重なりは、バスシバ（上記オウクが恋する女）が、ファニィの遺体を見、夫・トロイに突き飛ばされて沼地で一夜を明かした場面にも現れる。自然描写がすなわち心理描写であるという二重性である。突き飛ばされたとき、彼女は衝動的に家を飛びだし暗闇のなかを当てもなく突っ走る。無意識のうちに彼女は、目の前に通れそうもない藪を見つけた。藪のなかを覗くと、以前に日光の下でこの場所を見たことを彼女は思い出したのである――「人の通れない藪に見えたものは、実際には、いま急速に枯れようとしている羊歯の茂みであることがわかった」――すなわち「通れそうもない」と感じたときの彼女が絶望と「暗闇」に支配され、人生が「枯れ」ると感じていたこと、しかし少し心に落ち着きがもどって見直せば、そこはやがて通れるようになる枯れ野であると判った――「急速に枯れる羊歯の茂み」が、突然に破綻する彼女の結婚（夫への恋の端緒は羊歯の藪の中）を表すとともに、その破綻の後、なお彼女には生きる道があることが示唆される。これに続く翌朝の場面は、明らかに彼女の精神的蘇生を象徴する――まず暁に鳴く小鳥の声が彼女の耳に届く――

それはいま起きがけの雀である。

また別の隠れ家から《チー・ウイーズ・ウイーズ・ウイーズ》。

ひわであった。

三つ目は生垣から《ティンク・ティンク・ティンク・ティンク・アチンク》。

駒鳥であった。

頭上から《チャック・チャック・チャック・チャック》。

栗鼠《りす》である。

こんどは道のほうから《ほれ、ラ・タ・タ、それランタンタン》。

うら若い農夫であった。（中略）バスシバはこの声を聞いて、自分の農場で働く少年に違いないと思った。


――ここでは夜明けのすがすがしさが、バスシバに感じとられたことが判る。また彼女の農場で働く少年を彼女が認識できたことによって、絶望からの回復が示唆される。そしてバスシバの足もとには窪地があり、その一部は湿地になっている。湿地は人を奈落に堕《お》とす《危険》の象徴である――風景のこのような使い方は、詩のなかに頻繁に用いられることを私たちは思い起こす必要がある。

絶望からの回復と自然描写

その次の描写もまた詩的としか言いようがない。なぜなら、自然の姿が、客観的様相と、人物の心が感じたかたちの双方から描かれるからである——

いま朝霧が、その湿地の上に懸かっていた。毒々しい外観の霧ではあるが、壮麗にも見える銀色のヴェールでもある。朝日の光をいっぱいに吸い込んだこの霧は半透明なので、むこうの生垣は、霧のぼんやりした光沢にすこしかすんで見えた。

——朝日に照らされた朝霧は伝統的には清涼感を与えるものである。ところがバスシバには、それが有害な、悪臭のする、不快なものに感じられる——「湿地のじめじめした、毒臭を発していそうな表皮からは、地中や地下水のなかの有害物質の毒気が吐き出されているように思われた。安らぎと健康のすぐ近くにありながら、その窪地は大小さまざまの疫病の培養所のように見えた。バスシバはこんな陰気な場所のふちで一夜をすごしたのかと身震いして立ち上がった」。ハーディが得意とする《自然描写による心理描写》の好例である。引用の前半はバスシバが陥っていた、全てが暗黒に見える心理を、後半は、陰鬱な心から脱しようとする彼女の立ち直りが象徴的に描かれている。やがて、知性は低いがバスシバの理解者でもある、話し相手《コンパニオン》兼女中のリディが彼女を捜しにくる。バスシバの心は、自分をまだ見捨てていないでいてくれた人物がいたという感謝の気持ちで躍り上がる（それまで彼女は、知的とは決して言えないリディを見下していたのに）。

リディが湿地に足を運ぶと、足下の、汗がにじみ出たような地面から、湿っぽい地中の気体が虹色のあぶくとなって頭をもたげ、蛇の呼気のような音をたてて破裂すると、地上の霧のかかった大気のなかへ拡散してゆく。しかしバスシバの予想とは正反対に、リディは湿地に沈まなかった

（引用前半はバスシバの陰鬱を、最後の一文が陰鬱からの転換を示唆）。

――これがバスシバの再生の発端を象徴していることは言うまでもないであろう。

北極から飛来した鳥

『テス』は、描写のこうした多重性の宝庫である。一、二の例のみを挙げてみる。まず北極のかなたから鳥たちが飛来する場面である

悲劇的な目をして、やせ衰え、幽霊じみた鳥――この悲劇的な鳥の目は、どんな人間にも耐えられない、こごえつく低温のなかで、足を踏み入れることもできない極地の、人の想像を絶する大きさの、恐ろしい天地の異変を幾度も目撃した目であった。オーロラから差し込む光のなかで、氷山の崩落や雪の山の滑降を見てきた目。巨大な嵐と海陸双方の変形が渦巻く姿になかば視力を失いかけた目。そしてこれらの光景が生み出した特異な表情をなおとどめている目であった。

（ハードカバー新ウェセックス版では三三四頁）

――この悲劇的な鳥は、言うまでもなく艱難辛苦に耐えてきたテスや貧しい娘たちの象徴である。これに続く描写も、黙々と働くテスたちを側面から描写する――

これら名もない鳥たちは、テスやマリアンのすぐそばまで近づいてきたが、人間がこの先も見ることのないこれら光景のすべてについて、何も語らなかった。旅をした人間の語りたがる野心に満ちた習癖は、彼らには無縁だった。押し黙った無感動のまま、鳥たちは語る価値もないとした極地の経験を忘れて、この貧相な丘の眼前の光景のほうに目を向けていた――この丘を訪れた鳥なら餌として味わうはずの何か、かにかを掘り起こそうと、小型の鋤で土塊を打ちつけているふたりの娘の些細な動きを眺めていた。（同）

視線の角度を変えて風景を《異化》

ある人物がそのときの心理状態を通して見た世界の相と、語り手が客観的にとらえた同じ事物の別の相という二つが、この作品で展開される世界の姿としてこれまでも複合的に示されてきた（まもなく詳しく述べる、雑草だらけの荒れ庭がテスには美の極致に見え、ハープを爪弾くエンジェルに彼女が近づくシーンがその代表）。右の引用でも無機的なものとして展開しているはずの自然の風景が、その無機質とはまったく異なった相で表される――これは明らかに、テスたちの目に映じた風景ではない。ここでもハーディは、同一物を別の、思いがけない角度から眺めて、風景を《異化》しているのだと言える。その上この場面は、自分たちの艱難辛苦を語ることもなく、黙々と土塊を打つ娘たちと無言の鳥たちをオーヴァーラップさせる。つまり、三重の意味が生じている。

同一場面を見る複数の眼

同じく『テス』のなかの農民もまた、ハーディ以外の慣習的な人びとの眼と、ハーディ自身の眼とで複合的に眺められる——

それぞれに個性と性格のうえでたいへんに異なっているにもかかわらず、彼らは、いまは腰をかがめて奇妙にも一様な隊列——自動的な、音も立てない隊列をつくっていた。この近くの小道をたまたま通りかかった外部のものの目が、彼らを田吾作《たごさく》(Hodge) の一集団と見てもしかたがなかったろう。

(ハードカバー新ウェセックス版一四八頁)

農民の心の中を見ず、田吾作《たごさく》(=貧農 Hodge) として十把ひとからげに見下すというのは、支配階級の人がとおりすがりにこの農作業を見た場合に、普通に行われていたことである。ここには農民を風景の一部として見た旧来型の牧歌への言外の批判がある。ハーディは、短詩「バレエ」（詩番号438）において、群れとして舞台に立つコール・ド・バレエの踊り手たちは全員が同一に見えながら、個々人としての彼女たちがさまざまに異なった性格と苦悩を持つことを歌っている。人間の個についての理解の重要性という、イギリス詩独特の良き意味でのモラリティが、この小説の一節に織り込まれ、《安易なパストラル》への批判とともにテクストを重層化させる。

客観的描写と主観との複合

またハーディには、科学の眼で見た事実と、人間の心が見た印象との両面を備えた描写が数多い。次に引用する『森林地の人びと』の描写は、読者の心には当初、適切な比喩を使った牧歌的田園描写だと見えるはずである。この種の描写は、P・B・シェリーの「アラスター」で、《詩人》が宇宙根源の女神の両眼だと感じる地平に半ば没した三日月の両端の描写（女神だと感じるのは人の心、単なる三日月と描写するのは人の理知）を受け継ぐものである。つまり人間の感情によって解釈される自然界の主観的な印象が、客観的にそれが見られた場合の異なる意味を同時に示すのである――

今や大気のなかには、はっきりとした朝の雰囲気が見えた。やがて太陽のない冬の日のぼんやりと白い顔面が、死生児のように現れた。

既に至るところで森の人びとは活動を始めていた。一年のこの時期には、もっと真っ暗で寂しくない時間に起きるからである。二〇の明かりが二〇の寝室で灯され、二〇の鎧戸《よろいど》が開き、二〇対《つい》の眼がその日の天気を予知しようと空に向けられたのは、まだ一羽の鳥も頭をもたげない、これより一時間も前のことだった。

別棟の納屋で二十日鼠を掴まえていた梟たち、庭で、冬も緑の《一薬草》を食べていた兎たち、兎たちの血をすすっていた白鼬《いたち》どもは、隣人であるはずの人間が動き出したのを察知すると、思慮深く人目を避けて、もはや日暮れまで姿も声も隠してしまった。（ハードカバー新ウェセックス版五四頁）

「別棟の納屋で」のところで、突然科学の眼で見た事実が述べられ始める。人間界の生存競争と、それに敗れ去る心美しい人びとが主題のこの小説へ、適切にも動物界の生存競争が導入され、引用前半の牧歌的な農村描写の質が、化学反応のように急に変色するのである。

庭園を横切って恋人に近づくテス

『テス』における有名な、彼女が庭園を横切ってエンジェル・クレアに近づく（先にもちらりと触れた）場面にもこれは当てはまる――

　テスが横切ろうとした庭のはずれは、数年のあいだ耕作しないままになっている荒れ地だった。いまはじっとりとしていて、水分を含んだ草が生い茂っていた。少しでもさわれば、霧のような花粉が舞い上がった。丈高い、花をつけた雑草が、むっと鼻を衝く悪臭を放つ――雑草は、栽培された花に劣らずまばゆいばかりの、赤、黄、紫などの色合いの彩色画をなしていた。猫のように忍び足で、彼女はこの繁りに繁った草のなかを通った。
　スカートに泡吹き虫の泡をつけ、足下のカタツムリを踏み、アザミの乳液やナメクジのぬめりで手を汚し、林檎の木の幹にあったときは雪のように白かった病原菌、だが肌につくとあかね色の汚れになる、ねばねばした葉枯れ病の病原菌を、むき出しの腕の上にこすり落として進んだ。このようにしてクレアのほんの近くまで忍び寄ったが、彼には気づかれないままだった。

テスには、時間も空間も判らなくなっていた。テスのあの感情の昂ぶり、星ひとつをじっと見ることで意のままに生み出せると彼女が話していたあの昂ぶりが、いまは彼女の意志とは無関係に生じていた。中古品のハープが奏でるか細い音色の波また波に乗るように、彼女は浮き沈みした。和音はそよ風のように彼女のなかを貫き、眼には涙をもたらした。漂う花粉は、彼の音色ひとつひとつが視覚化されたもののように思われ、庭のじっとりとした湿りは、庭の感性が泣いている姿と感じられた。日暮れが近かったが、悪臭を放つ雑草の花々は熱心に咲くあまり、閉じることを忘れたかのように輝き、この色彩の波が、音色の波と相い協働していた。

このテクストの重層性については拙著『テクストたちの交響詩』第一二章（三〇五―一〇頁）に極めて詳しく述べたので、ここで繰り返すのは避けるが、ここでは読者の意識と作者の科学の眼だけではなく、先にも触れたとおり、ヒロインの見ている《美しい庭》という意識と、「葉枯れ病の病原菌」さえ言及される《荒れ庭》との混淆だけ見ても、テクストの重層性が伺えると思われる。ロマン派や現代医学の《共感覚《シネスシージア》》論を知っていたかのように、このときテスのなかで、音楽が色彩と同一視されている。テスは、《共感覚》の強烈な画家、詩人、音楽家と同じような、美を感じとる状態になっており、雑草の悪臭さえ、この美の感覚に寄与している。

恋の甘美（主観）と客観的生物学

テスとエンジェルとが恋を経て「一つの谷の二つの流れのような必然性をもって、抗しがたい法に支配されつつ」合流する推移を描く際にも、この短い引用自体の中に、キーツの『エンディミオン』における川の合流（実際には神話的な男女の合流）と同様の美意識を示しながら、《抗しがたい法》、すなわち自然法則的に観察された男女の合体を同時に語っている。

そしてこれに先立って、甘美な恋愛を指すとともに、生物としての人間に当然の性的衝動を意味するところの、有名な「全ての生き物にあまねく見られるあの傾向――どこかに甘美な快楽を見出したいという、抑えきれない、普遍的かつ自然的なあの傾向が

（中略）ついにテスを屈服させていた」（"The irresistible, universal, automatic tendency to find sweet pleasure somewhere, which pervades all life . . . had at length mastered Tess"）（一六章）が書かれている。これも半分はテスの恋情の強まりを描いていながら、これを生物学的な科学の眼でみればこうなるといわんばかりの記述である。

小説テクストの詩的多層化

『エセルバータの手』（*The Hand of Ethelberta*, 1876）の登場人物について「この作品中、全ての人物が、理想的登場者であるのとは正反対に、弱点を持っている。彼らより優れた人（＝読者）の眼が、その弱点に微笑むのです」（一八七五年五月二五日の、雑誌「コーンヒル」編集者であったレズリー・スティーヴンへの手紙のなかでのハーディ自身の記述。*SL* 15）――このように書かれていると語っているのも、人物の心の動きを片方で描きつつ、これを客観的に見る醒めた眼を想定して、諧謔感やユーモアを産み出す技法への言及である。これはジェーン・オースティンの手法であり、やがてバーバラ・ピムが多用した、小説テクストの詩的多層化（森松 '13C）にほかならない。すなわち、複数の観察眼がテクストのなかに隠され、一方の目が褒めている事象を、他方の目がけなしている表現法である。他の芸術分野での例が、この際理解を助けてくれる。私たちが「詩的だ」と感じる音楽では、相反する性質の主題の並列や、優れた演奏法の、活発なアレグロの左手に伴われる緩徐的な曲想《ライン》の呈示にもこの表現法が見られる。絵画でも、ジョバンニ・ベルリーニの「聖母子」（一二一頁の図版参照）では、背景に牛がゆっくり歩むのどかな田園風景のなか、聖母はやがて「哀哭《ピエタ》」画像そっくりに、幼子イエスを膝に抱く。牧歌ふうに見せながら、後年の悲劇を同時に予示する表現法である。ベルリーニの絵が「詩的だ」と感じられる大きな理由であろう。

三　表面テクストの後ろに副次テクストを隠す詩的技法

こうした例は数限りなくあるが、ここで第三の詩心として、詩人の隠蔽術がハーディの小説に持ちこまれているさまに目を移すことにする（特にパストラルでの隠蔽術については本章「四」に詳しい）。これは第二としてあげたものの一種の変形ではあるが、個別的描写だけではなく、作品全体がこの隠蔽術に包まれることがあるのが特徴である。

『緑の木陰』全体が、パストラルの外装を施しながら、内装は農村リアリズムであるのがその最大の例であるが、これもこのシンポジアムのあとで旧拙著（『テクストたちの交響詩』）第二章に述べたし、本章「四」にも新たに詳しく触れるので、本節では右記の指摘にとどめる。そしてまた、テスの悲劇自体、作品の最初から終わりまで、処女性神話や女性の社会的地位の低さ、貧困に追いまくられる階層の存在などに対する抗議を、表面の物語テクストのなかに潜り込ませようとした例である。

ブレイクの詩とハーディ『テス』の類似

このような主題は、もともと詩歌の中で行われものだった。ブレイクの「アルビオンの娘たちの幻想」を『テス』と比較すれば、その類似性に驚くしかない。「アルビオンの娘たちの幻想」は、"I loved Theotormon" と歌う処女ウースーン（Oothoon）が、やがて "But the terrible thunders tore / My virgin mantle in twain"（以上 "The Argument"）と処女を喪った悲しみを歌う。処女を奪ったのはブロミオン（Bromion）で彼女の愛していない男である。このために、彼女が愛するセオトーモン（Theotormon）も、彼女の窮境に耳を貸さず（"Theotormon hears me not"）、嘆きの声は彼女が愛していないブロミオンにしか届かない（"And none but Bromion can hear my lamentations"）という事態になる。ハーディがブレイクを知っていた？

ここでセオトーモンをクレアに、ブロミオンをアレックに置き換えれば状況は同じになることが容易に判る。ブロミオンの横暴、セオトーモンの頑なさ、少女ウースーンによる処女信仰の不合理の主張、女が男との交わりを求めるのがいかに自然なことかとの主張なども『テス』に並ぶ上、ウースーンが「セオトーモン、聴いて。わたしは純潔です」（"Arise my Theotormon I am **pure**", ブレイクの図版Ⅱ 28）と呼びかけ、仔羊や白鳥が永劫不変の河で清められるのに、その河でウースーンが「私は沐浴します、するとセオトーモンさんの胸に抱かれてもよいほど純潔です」（"I bathe my wings. / And I am white and **pure** to hover round Theotormon's breast" 図版Ⅲ 19–20）と叫んでもセオトーモンの心は元に戻らない（図版Ⅲ 22ff.）のも『テス』の主題に似ている。また右の引用で黒字にした'pure'という一語が両作品のキー・ワードであることにも注目すべきである。ブレイクはこの一見読みにくい詩の、難解さそのものによって社会的抗議をした（難解である場合、言論弾圧の公的権力［ここでは処女性喪失に対する社会の容赦ない弾劾］は容易に手を出せない。そのような権力を行使しようとする輩《やから》は、テクストの裏側を読む知性も感性も持ちあわさない)。『テス』に、当時はあからさまに発言できなかった性的自由の問題が隠されていることは言うまでもない(なお一九世紀中葉に忘却のなかに埋められそうになっていたブレイクは、美術評論家ギルクリスト夫妻の努力と、それを援助したダンテ・ゲイブリエルとウィリアム・マイクルのロセッティ兄弟によって、いわば発掘された。ギルクリスト夫妻の『ブレイク伝記』出版は一八六三年。これを受けて詩人スウィンバーンの『ブレイク論』[一八六六年]が出たのであり、ちょうどこの一八六五～六年にハーディはスウィンバーンを愛読したのであるから[詩番号265の「眠れる歌い手」'A Singer Asleep' 参照]、ブレイクからハーディへの直接または間接の影響は否定できない。作家は時として、自分の作品への古典的影響源に言及しないことがあるのを、筆者森松は実例としてよく知る立場にあった。作曲家のなかにも、絵画や詩からヒントを得たことを隠す傾向がしばしば見られる。)。

戦争描写に埋め込まれる個々人の心

『ラッパ隊長』にも戦争への抗議と、《風見鶏》になれない正直者の悲運という主題が隠されている(正直者が幸せになる小説しか、当時は歓迎されなかったのである。ハーディの詩のなかでは、善良なるがゆえに不運に見舞われる主題は「修道院の石工」＝詩番号332や「ダーンノーヴァ荒野の格闘」＝詩番号729を筆頭に、繰り返し歌われている)。『ラッパ隊長』は、強制水兵徴募を初め、戦争がいわば各論的な、個人の次元での具体的な戦争による苦しみを描く小説である。これはちょうど、ハーディの短詩「窓の外の彼女」(詩番号626)が個人的な戦争の残虐を描くのとそっくりで、本来は詩の手法である。この詩では、その愛すべき女客が玄関の外に出た時、彼女の夫(あるいは恋人?)の戦死の知らせが(たぶん電報で?)《私たち》の手許に入る。この愛すべき女性に、これを告げるか隠すか?窓を覗いて二度三度、辞去する際の微笑みを繰り返す彼女に、《私たち》はどうしてもこの恐ろしい知らせを語ることができなかった——

攻め寄せてきたこの問題、
　決心尽きかねるこの難題、
いつまで知らぬふりなどできようか、どのみちすぐに
　襲わずにはいないこの打撃、
知らずに済ませぬこの悲劇、

彼女を蒼白にし麻痺させる一撃を　遅らせるべきなのか？

――「こうするうちに彼女は二度、三度、我が家のなかを覗き込み／も一度　笑顔を見せて去る」。ハーディの反戦詩のなかでも、特に心に残る作品である。

戦争に出かける前の兵士たち

これと同じに心に残るのが『ラッパ隊長』の、戦争に出かける前にラヴディ家を訪れる兵士たちの場面である。上品な下士官たちがラヴディ家に集う。彼らはひとりひとり、ヒロイン・アンの手をとって別れの挨拶をする。私を覚えていてくださいと言うブレット軍曹は「でもそれがアンさんを悲しませるようになったら、忘れて下さい」と、まるでクリスティーナ・ロセッティの短詩「リメンバー」を知っているかのように、自分の戦死を匂わせて語る。ウィルズ准尉はアンの長寿を祈る。これは自分は短命に終わることを意識した言葉である。ラッパ手バックは「また会えますように」（以上全てハードカバー新ウェセックス版では二七九頁）と祈るように言う。アンとの再会を願う言葉の裏に、自分が戦場から無事に帰還できるようにという願いが綯《な》い交ぜにされていることは言うまでもない。ここに引用したどの言葉にも、永久の別れを意識したふしが見える。そして小説の結末を読めば――

> 悲しや！　この戦時には、小競り合い、前進と退却、熱病と疲労が、アンの男らしい友たちの身を、苛酷この上なく襲ったのだ。アンが祈りの言葉を贈った七人のうち、ラッパ隊長を含めた五人までがその後数年のうちに戦死し、彼らの遺骸が戦役の現地で、朽ちるにまかされた。（同）

詩の手法を用いて、現代の戦争への言及をまったく行わないという半ば隠されたかたちで、ナポレオン時代を超えた現代への社会的抗議を表現していることは明らかである。シェリーがその長大な反戦叙事詩『レイオンとシスナ（イズラムの叛乱）』において、登場する暴虐な王者や聖職者を、曖昧に、他国の人びととして描く手法と同一である。

ハーディの自己隠蔽術

男女を逆にしてハーディが自伝的要素を小説に活かすのも、彼の詩作と共通する隠蔽術だと言えよう。短詩「ライ麦畑の女」（詩番号299）は「死ぬがいい」とののしった相手である愛する夫（実際には女であるエマ・ハーディ）が死んでしまい、他方で自分はまだ死ねないでいる女（実際には男ハーディ）が、烏《からす》だけが墓地を目指して飛ぶ（なのに自分はまだ墓地に行けない）様を見る。「彼女の秘密」（同302）は、ハーディの秘密と思われることを、男女を逆にして描く――すなわち、嫉妬深い「彼」（原材料は前妻エマ）は妻（実際にはハーディ）に来る手紙、妻の出かける先などをいちいち詮索するが、妻の行き先が墓場（原材料は古い恋人トライフィーナの思い出）だとは思わなかったという内容である。「彼の心臓」（同391）は、死んだ男の心臓を女が引き抜いてそこに描かれている彼の精神史を読み取る幻想詩であるが、実際には前妻エマが残した日記（ここでは心臓とされている）を彼女の没後に読んだ詩人の悔いが素材である――私は亡き彼の心臓を取り出して見た。彼が彫った稠密な曲線を読み解いてみると、彼の誠実、私への真摯な愛が読み取れ、かつ私と過した時間が幸福だったと述べられていて私は後悔せずにはいられなかった――。

エセルバータのなかへの作者の潜入

こうした詩の手法を大規模に用いたのが『エセルバータの手』で、エセルバータをハーディ自身として理解すると、この作品の階級制度批判がよりよく理解できる。ハーディもエセルバータと同じく、下層階級から出て知的中産階級に分類される作家となり、高位聖職者（准貴族としての地位）を身内に持つ上位中産階級の女と結婚したのであり、この経験が隠されたかたちで、『エセルバータの手』全編を彩っている。自分の出自をできるだけ隠そうとする傾向は、エセルバータとハーディの双方に顕著である。

ハーディのエロティシズム

セクシュアリティの描写が隠されている例も、いくつも挙げることができる。これももともとは詩人が開発した技法である。最近ではスタフォードの『ボディ・クリティシズム』（高山宏訳）が大きな衝撃を我が国の批評界に与え、ロマン派についても『セクシーなブレイク』(Bruder & Tristanne [Eds]. *Sexy Blake*) がこの技法を多面的に論じ、我が国の論者（和田綾子）も『四つのゾア』論でこれに参加している。メアリ・ロビンソン (Mary Robinson, 1758–1800) の巧妙な例は、ソネット連作『サッポーとパオーン』(*Sappho and*

Phaon, 1796) の第三歌「逸楽の四阿《バウア》」でご覧頂きたい（拙著『イギリス・ロマン派と《緑》の詩歌』第三章末尾参照）。

これをハーディ小説で示すなら、有名な『はるか群衆を離れて』の剣舞の場面である。ここには心理描写（男性性に圧倒される女性の心）と自然描写の重なりも見られるが、セクシュアリティ描写でもある。すなわち三重構造である——

窪地の中央に立ってみると、頭上の天空は群生する羊歯《しだ》でできた円形の地平線に囲まれていた。羊歯は斜面の底部近くまで密生し、それから唐突に、なくなっていた。この円い青草のベルトに取り囲まれて、その底部は、苔と草の混じった分厚い真綿のような敷物の床となっていた。そこは大変やわらかく、置かれた足は半ばそのなかに埋れてしまうのだった。

（ハードカバー新ウェセックス版では一六九頁。本書iv頁に掲げた図版の場面）

——これが女陰の表現だというのは今日では誰しも異論のないところだろう。ではあるが、この描写以前から、バスシバのセクシュアリティの描写は始まっていたのである。

私が独自に指摘したいのは、彼女の持ち歩いていたスライド式のカンテラ――角形のちょうちんである。

右記場面の直前にも

羊歯の窪地の場面に先立って、屋敷の周りを暗闇のなかで見まわっていた女農場主バスシバは、トロイ軍曹の靴のスパイクでスカートを踏まれる。このときの「何かが彼女のスカートを力づくで地面に釘付けにした」（同一五二頁）という表現自体が象徴的である。「もしよかったら俺に角燈《カンテラ》の扉を開かせてくれ、そしたら君を解放してあげる」（同）という言葉のなかにも、「解放して」、すなわち灯りで縺れを解《ほど》いてあげるという意味のほかに、手提灯《てさげとう》を、バスシバのセクシュアリティを内部に閉じこめている処女性の象徴として示している意味も看て取れる。なぜなら、角燈の扉が開かれたとき「光線たちはその幽閉所から噴出した」（同）と書かれ、「暗闇は、角燈の明かりによって以上に、角燈の照らし出した対象によって完全に打ち倒された」（同）と表現されるからだ。

照らし出されたトロイの出現は、それまでの暗闇との対比において「沈黙に対するラッパの大音声」（同）に等しかった、と書かれる。《暗闇》と《沈黙》が、バスシバの性的無経験を指すとも読めるわけである。またのちに家出したバスシバが一夜を過ごす沼地の場面（前出）を性的に読む批評家もいる。

ピアノではなくオルガンを

『窮余の策』に話を移せば、マンストンの家の前で彼に会ったシセリアが、雷が鳴り始め、彼の部屋に待避する場面で「その瞬間に、二人の衣服が触れあった、そして触れあったままでいた」（同一六四頁）。このあと作者の声――「すべての男性にとって、衣服は外的なものにすぎない。けれども女にとっては、衣裳は自己の肉体の一部である」で始まる描写は、ピアノではなくオルガンを撫でまわしてシセリアを興奮させるなど、雷鳴の描写であるとともに、性描写でもあり得る――オーガンは身体の一部 (sex[ual] organ) を指す言葉でもあるのだから。

トンネルの描写、erectしている塔と貴婦人

『微温の人』(*Laodecean*, 1882) に目を転じるなら、トンネルの描写を性描写として読む批評家からの提案が、ある程度説得力を持っている。すなわち主人公サマセットが、ま

るで偶然のようにポーラと出会い、トンネルから列車が出てくる場面で、「木々の群葉が底部を走る実在のレールをほとんど隠しているトンネル」という描写を、フィッシャーは女陰の描写として捉えている（Fisher 105）。さらに『塔上の二人』（*Two on a Tower*, 1883）の、木々が密生するなかに屹立（erect, 勃起）しているタワーもそうである。これを、長期間、夫に放置されているヴィヴィエットが見る。これらは、小説においても二重の意味を何気なさそうにあちこちに埋め込む詩人らしいハーディの文体中の、セクシュアリティとの組み合わせだから特に印象的な、ほんの数例にすぎず、セックスとは無関係な場面でも、さまざまに異種テクストを同一の文中に隠している同じ傾向が見られる。

ヴィーナスの名を持つ二人の女性

たくさんあるなかから、『窮余の策』の二人のシセリアを取り上げる。ここでは恋愛と結婚での勝利者となるはずの二人の美女の描写が、常に人間の孤独と組になって示される。二人の名前は（旧拙著にも述べたことだが）、恋そのものを意味する女神キュテレイア＝アフロディテから採られている（ギリシア名キュテレイアは、英語のシセリアと同語源）、すなわち愛と恋の女神アフロディテ（ローマ神話のヴィーナス）から採られている。

二人のシセリアは、恋愛の神の名を戴いているわけであるから、本来なら当然幸せな恋に恵まれるべきだという作者の意図がここに見える。ハーディはそれに相応しい才知ある美女に二人を仕立てる。またシセリア一世の息子の名前がイーニアス（ギリシア神話ではアィネィアース）であるから、神話上の「アィネイアース（アエネーイス）」の主人公イーニアスの母がアフロディテ（シセリア）であることを承知の上でハーディはこの名づけ方を用いている。

『アエネーイス』熟読の上で

この小説執筆に先立って彼は『アエネーイス』を熟読していた。そしてこの小説で、本来なら恋愛と結婚での勝利者となる美女が、いかに時代の悪しき慣習によって恋愛の幸せから阻害されるかを描ききる。一方にアフロディテ神話を置き、アエネーイスを英雄の身からヴィクトリア朝の非嫡出児（婚外子）に転落させ、母も子もいかに悪しき運命に見舞われたかを描き、他方にヴィクトリア朝の慣習がいかに婚外妊娠をした女を生涯苦しめるかを描く。これ自体が二重構造であるが、これが、センセイション・ノヴェルという商品用テクストの下に隠される。つまり三重構造である。

公刊第一小説の多重構造

『窮余の策』全体がこの多重構造で成り立ちつつ、個々の描写も詩的に多重構造を有している。手を届かなくする小川を中に挟んで花嫁姿のシセリアと、意に染まない婚約を解消してシセリアの結婚式に駆けつけたエドワードが語る場面で小川が象徴しているものが、この詩的多重構造に大きく寄与している。だがここでは個人の孤立の問題を取り上げる。典型的な箇所は、シセリアがマンストンとの結婚式の直前に愛するエドワードの姿を目撃し、彼への強い愛情を兄オウエンに打ち明ける場面である。ここでは彼女は兄から叱責され、「社会への義務」（ハードカバー新ウェセックス版では二〇三頁）としてのみ、結婚を承諾した相手マンストンを夫として愛するように努めると口にする。しかし《社会》の他者たちは、彼女の心のなかをどの程度考え、判ってくれるのか？　そして彼女が死んだ後で、むかし彼女を軽率に非難したことを後悔して少しだけ心を痛め「可哀想な女だった！」（同二〇三頁）と思い、こう思うことで彼女の霊に対して、大変に正当な扱いをしてやったと思うだろう。しかし（本書「テーマへのイントロダクション」にも書いたが）「可哀想な・女」という二語で易々と表現できる他者の軽々しい思いが、彼女には全生涯だったとは彼らは感じもしないだろう。

自己の思索／詩作／試作を小説に直に持ちこむ

この想念は、もともと（『窮余の策』に先立つ一八六六年に書かれた）「女から彼への愁訴：その二」（詩番号15）に歌われたものだった。この詩の語り手（女）の見るところでは、現時点では相手の男にとって、自分という女がこの男の胸中のすべてを支配する思いではある、しかし遠い未来、女が先に死んだ場合、男が女を思い出してしばらく思いにふけり「可哀想な女め！」と言って溜息を漏らすかも知れない（「テーマへのイントロダクション」にも引用した詩句を、異なった訳文で掲げるなら）

あなた、言うでしょうね、「気の毒にな、つまらん女《やつ》！」
そしてわたしに溜息をついて下さる――溜息だけで充分だとあなたは思うでしょう、
一つの溜息が、全てをあなたに捧げたいと情けを傾けるわたしという女に支払うべき
弁済してない債務の、極微の断片だなんて　あなたは思いもしないでしょう。
('Poor jade!' / And yield a sigh to me—as ample due, / Not as the tittle of a debt unpaid / To one who could resign her all to you— ll. 5–8)

他者にとっての自分は一過性の想い

そしてこの「気の毒・すれからし女」という二語で表された薄情な思いこそが、この女が主役を演じていた人生劇そのものだったということを《あなた》は理解さえできないだろう、と歌われる。当時発表できなかった詩の思いをハーディはこの小説のなかに盛り込んだことが判る――「私の生は、彼らの生と同じだけの希望と怖れ、微笑とささやき、そして涙でできた〔……〕特別の分秒であったことなど、理解しないでしょう」（二〇三頁）。他者は決して、人の心と思いを正当・正確には理解しないものだという、詩の主題に相応しい真実を描き出すのである。この想いはたびたびハーディの小説に現れる。『テス』が久しぶりに農作業に復帰したときにも、世間が彼女の過去を忘れることについて「テス以外のすべての人間にとって、テスは一過性の想いに過ぎなかった」（ハードカバー新ウェセックス版一〇六頁）という一文があった。

《実存的な主観》の孤立

この前後のマンストンの孤立について「しばしばモダニストの作品の特徴となっているあの分裂、すなわち《実存的主観性》と《具体状況へと客観化された（objectified）社会的領域》との間の分裂が、既にこの小説のなかに見えている」(Ebbatson: 37, これは前節で述べた「科学の眼で見た事実と、人間の心が見た印象との両面を備えた描写」に相通じる技法を、モダニストと関連づけた発言である)という批評があるが、もしそうなら、ハーディの詩心がモダニストの感覚を先取りしていたことになる。

同じ主題とオクスフォードを歩くジュード

また『ジュード』にもこの主題が出る。「毎日、毎時間のようにジュードは仕事探しに出かける途中で、学生たちも左右に行き交うのを見た。(中略)なのに、まるで地球の裏側の対蹠点《たいしょ》にいるかのように、彼らとは遠く隔たっていた。(中略)彼らは彼とすれ違うときに、彼を見さえせず、聞きもせず、むしろ窓ガラスを透かし見るように彼の背後の同輩たちを見るのだった。彼らが彼にとって何であったにせよ、彼らにとっては、彼はまったくその場に存在しなかったのである」(ハードカバー新ウェセックス版では六九頁)。成熟した作家として書いた『ジュード』はともかく、若書き (juvenilia) の烙印を押された『窮余の策』でさえこのような、現代詩・モダニストの作品の特徴を帯びていたと言える。

反ヴィクトリア朝的な慣習転覆を見事に隠蔽

また『青い瞳』(*A Pair of Blue Eyes*, 1873) が詩人パットモア (Coventry Patmore, 1823–96) によって、「この小説を詩に書けば良かったのに、それほどに詩的だ」(*LW* 107–08) と言われた理由も、主として描写の多重構造、特に見事な隠蔽術から来ていると思われる。名無し崖で、ヒロイン・エルフリードの二人目の恋人ナイトが三葉虫に直面する場面では、生と死の問題のみならず、宇宙的時間と人間的時間の対比、エルフリードがスティーヴンからナイトへ心を移す恋愛問題の急展開、エルフリードがこの時、着ていた下着のすべてを使って作ったロープによって救出したナイトと、おそらくは半裸体で抱擁したことを想像させさえする反ヴィクトリア朝的な、慣習転覆的 (subversive) なエロティシズムなどが、多様にない交ぜにされる。だが多くの読者は、エルフリードの、明言されていない裸体性にはすぐには気づかず、編集者の姿をした公共権力も隠蔽術に引っかかって、咎めだてしなかったのだと思われる。

詩に見られる予示的場面の不吉性

同じ『青い瞳』で、ラクセリアン令夫人の死去のあとの地下納骨堂場面の、代々駆け落ちばかりしているスウォンコート一家の噂という下世話な話と、裏切った男の前へ新たな恋人を連れて現れざるを得ないエルフリードの困惑とのない交ぜ、これがやがてエルフリードの将来の死の際の伏線的効果、いわゆる予示的（prolepsis的）な書き方も、物語詩を応用している一例である。未来の出来事を示唆的に表現するという意味でのプロレプシスは、西欧詩歌にも見られるが（好例は、突然月が見えなくなるワーズワース「ルーシー・ポエムズ」の死の予告）、西欧古典絵画（絵画は時間の一点しか描けない替わりに、この技法を多用した）を通観すれば明瞭に理解できる。先にも述べたベルリーニの、聖母マリアが、幼児キリストを膝に横たえて眠らせている平和な画像が、死せるキリストを膝に抱いて嘆くマリアの画像「ピエタ」を予示しているのが最大の例だが、マニエリスム時代のパルミジャニーノの「首の長い聖母」では、幼児キリストは成人の大きさで丸裸、しかも母の膝に死んだように横たわり、いまにも転げ落ちそうである。この技法に倣って、ルネサンス期以降の詩歌では、特に主人物の死の予告に相当する陰鬱な場面や不吉な形象を、あらかじめ描いておくのだった（次の図版参照）。

パルミジャニーノ「首長の聖母」

ベルリーニ「聖母子」

社会構造への隠然たる批判＝英詩の伝統

これら以外の小説にもこうした多重構造が幾つものレベルで存在しているが、話題を次節に引き継がせる。次節では、詩人クラブ (George Crabbe, 1754–1832) の初期の詩からの、ハーディ『緑の木蔭』への影響をまず見て、これを一例として、イギリス詩の伝統となっていた社会構造への隠然たる批判（公共圏への批判的関与）をハーディが小説に導入しているさまを明らかにしたい（なおクラブの『窮余の策』への影響については、『英国小説研究第二五冊』の森松'15にも詳しい）。

四　イギリス詩の伝統を小説に持ちこむ
——一例としてクラブの影響——『緑樹の陰』

詩心の第四は過去のイギリス詩の伝統を活用する、飽くなきハーディの熱意である。ヴィクトリア朝小説の場合、社会構造や固定された道徳律への批判は、出版業者の考えからしても読者層の慣習的な考えからしても、至難の業だった。ハーディ自身も、階級制批判を主題とした処女作『貧しい男と令嬢』を出版できなかった。しかし彼がイギリス詩の伝統に眼を向けたとき、そこには強烈な、しかし隠然とした社会批判が読み取れたのだ。彼は（先にも示唆したが）先行イギリス小説から以上に、過去の英詩からその伝統を自己の小説内に持ちこんだ。当然、詩心が小説に入りこむことになった。その最大の例はシェリーとハーディの関係であるが、これは別の拙稿に纏めて書くことにして、ここではまず、初期ハーディの代表作『緑樹の陰』をとりあげ、ジョージ・クラブ――社会意識の強いイギリス詩の伝統を濃厚に持つクラブ――との影響関係のなかに、先人から受け継がれた詩心を見たい。

ハーディは少年時代からクラブの詩を熟読し（少年ハーディが手にしたのはクラブの子息が編纂した、ジョン・マリー社刊『クラブの生涯と詩作品』で、一八六一年発行）、社会状況の正邪の問いかけとそのリアリズム的表現についての恩恵を口にした (Rutland 12–3)。そしてハーディは、一九〇四年のクラブ生誕一五〇年祭にも、農村リアリズム文学の創始者としてのクラブを讃える気持ちから、出席している (*Life* 327)。したがってハーディはほぼ終生、詩人クラブの影響下にあったと言えよう。

クラブからのストレートな影響

クラブの詩からの影響は、直接ハーディの詩に持ちこまれているものもある。クラブの『さまざまな物語』(*Tales,* 1812) 第一〇話の「恋人の旅」('The Lover's Journey') は、明らかにハーディの詩「私のシセリー」（詩番号 30）の影響源であろう（Pinion '77: 160–61 もこの二つの詩の影響関係を《感傷的虚偽》の観点から論じている）。両詩人はともに、恋人を訪ねる旅の道筋を克明に描き、胸躍らせての旅の前半と、失意のあとの男の心の変わりようが、ともに道中の景色によって表される。異なる点はクラブでは恋人に会ったあとの道中の景物がニュートラルな味気ないものになるのと、ハーディでは下品になった恋人よりも、墓のなかの別の女を慕うことになる違いくらいである。また心の持ちようで景色が異なって見えるというクラブのこのテーマは、ハーディの「王者《宿命》の実験」（'The King's Experiment', 詩番号 132）に受け継がれる（同 160）。

貧者の《無法な》行為への寛容も直接の影響

またクラブの『大邸宅の物語』(*Tales of the Hall*, 1819) 第二一章の「密輸業者と密猟者」('Smugglers and Poachers') における、貧しいこれらの《無法者》への寛容な扱い（無法者としてこめかみを射抜かれた死者とそれを見て悶絶したもう一人の《無法者》を「立派 (valiant)」「終わりから 29 行目」と表現して、法律の側に欠陥があることを示唆）は、ハーディの「森林地の冬の夜」（'Winter Night in Woodland', 詩番号 703）で、言外に示される次のような貧者への親愛の情として現れる——

罠網《わなあみ》と手提げ燈を持ち、鳥誘いの男たちが出発、
雑木林のねぐらに休む鳥たちを襲う下準備を整えて。
鳥の近くで彼らは巧みに大枝を払う。一方罠かけを待つ
貴人たちは暖めた多様な酒類を家で飲み、眠くなる。
密猟者たちは振り棒と硫黄マッチを携え、雉《きじ》たちにそっと
近づいて、枝に止まって眠ったまま失神させようとする。

一本の小道が揺れるように貫く、あの遠い森のはずれを
一人ずつ、だが列をなして暗い人影が視界を素早く縫い
だが重い荷を運ぶ。近くの港から、密輸業者に雇われて
陸路の輸送を手伝う人びと。おのおの二つの《酒樽》を
一つは前、一つは後ろに振り分けて吊り下げ、より遠方の
安全な秘密の場所へ運ぶ、彼ら以外には知り得ない所へ。(ll. 7–18)

『覇王たち』の何げないエピソードにも

密輸業者への暗黙の容認については、『覇王たち』第一部第二幕第五場で、ジョン爺さんとジェムズ・パーチェス少年が（ジェムズはジョン爺さんが使う、ジェイムズの訛り）、かがり火の番をしている場面にも現れるのである――

ジョン爺さん： 昨日《きんの》の晩、八〇樽も隠してやったんじゃ。大きな声では言えん奴ら（密輸従事者）のためにな――前の晩にラルワインド（実名ラルワス）湾に荷揚げされた酒樽じゃ。だけんど奴らは、今回の密輸じゃ、間一髪、馬に乗った検閲官を目眩《めくら》まかしたちゅうことじゃったが。

右の例に見るようにハーディは、クラブの初期詩集だけではなく、一九世紀に入ってからの、短編小説集に近いクラブの押韻詩集にもまた親しんでいた痕跡を、詩や、詩劇のなかに見せる。

クラブからの最大の影響

しかしクラブの作品で、今日でも各種のアンソロジーに収録される初期の『村』（*The Village*, 1783）は、明らかにハーディの小説に影響を及ぼしている。『村』は旧来の支配階級的文学伝統への批判に満ちた作品である。安易なパストラル詩、すなわち農民の労苦を完全に無視した田園賛美への、徹底的に痛烈な批判が『村』全編の大半を占める。だからこの第四節では、通俗なパストラルをハーディも揶揄《やゆ》した一例として、ハーディの擬似パストラル小説（公刊第二作）『緑樹の陰』をクラブと並べてみたい。

パストラルの公共圏的側面

しかしまず、パストラルについての既成概念から離れて作品を眺めるために、イギリス詩が、ほとんど後期ラファエル前派に至るまで、歌い手本人の感懐を歌う側面を比較的少量しか持たず、むしろ大きく社会そのものに、難しく言えば《公共圏 = public sphere》に係わってきたことを指摘しておきたい（本書の「テーマへのイントロダクション」に挙げたマシュー・アーノルドの考え方参照。また森松 '14B 一八六—七頁も参照）。イギリス文学が、近代的再出発をしたエリザベス朝当時、師と仰いだ文芸先進国イタリアには、《真実》を語って社会の改善に係わろうとする文人の意識が横溢していた。（ペトラルカからの英詩への大きな影響は、二〇一三年の「シェリー研究センター」のシンポジアムでも強調された＝藤田 口頭発表）。

時系列で見た英国牧歌

次いでしばらく、イギリス詩でのパストラルの歴史を要約しておく（詳しくは拙著『近世イギリス文学と《自然》』参照）。パタソン（Annabel Patterson、パストラルについて、ウェルギリウスが隠されたかたちで貧農の苦しみを書いたパストラルの伝統を重視し、その後二〇世紀に至るまでの各国のパストラルにも、この隠された政治批判的伝統を読みとった）によるとペトラルカは、弾圧を恐れて生前には公表を拒んでいた書簡集の中で、次のように述べていた——

> 《真実》はこれまでつねに嫌悪されてきたが、今日ではそれは極刑に値する大罪となった。人類の罪深さが深まるにつれて、《真実》への嫌悪と、追従・虚偽の王国は勢いを増した。（中略）この考えからしばらく前に、《牧人の歌》を書こうと思

い立った。少数者にしか理解されないだろうが、多くの人を喜ばせる、一種の謎めいた詩だ。(Quoted, Patterson 44)

これこそは、ペトラルカがパストラルを書いた意図であった。

シドニーの『詩の擁護』にもこの伝統

イタリア的影響のもとに英詩の伝統を築いたシドニーも、『詩の擁護』(*An Apologie for Poetrie*, 1595) で、パストラルを擁護した。

誤って嫌われているのはパストラル詩だろうか（中略）？　貧しい牧笛は軽蔑されるのか？　実際には、時として牧人メリベウスの口から、苛酷な君主や略奪する軍人のもとでの人びとの悲惨さが示されるというのに？　(Sidney 40; Huhara 54–6)

スペンサーの《隠すパストラル》

この『詩の擁護』の刊行に先立って、スペンサーも《隠すための牧歌》を書いていた。このあたりは旧拙著の記述の要約だが、上掲のシドニーは、スペンサーの『羊飼いの暦』（*The Shepheardes Calender*, 1579）のタイトル・ページに見えるとおり、この作品を捧げられた人物でもある。そしてスペンサー自身が、この作品の巻頭に掲げた「要旨（The generall argument）」のなかで、集中一二編の詩を三つに分類して、その第三を、風刺を交えた道徳説としている。社会批判の寓意を埋め込んで当然という、ウェルギリウスからペトラルカに引き継がれたパストラルの作風が、英詩に入ったのだ。またスペンサーは、『羊飼いの暦』の注釈者E・K（スペンサー自身を指すとする説有力）に書かせたと称して、『羊飼いの暦』冒頭の「ハーヴェィへの書簡」のなかで、彼（実質上、スペンサーを指す）のパストラルの目的は判らない、彼自身がそれを隠そうとしているのだからと書く。ここにも《隠すためのパストラル》の姿が見える。ハーディは『緑の木陰』で、明らかにこの隠蔽術を駆使する。

『妖精女王』のバラッド性

またスペンサーの『妖精女王』（*The Faerie Queene*, 1590, 96）が称揚する美徳の数々は、一見体制内的な主張のように見えるが、実際にはそれらの美徳の大部分は宮廷人が踏みにじっていたものであった（したがってここに社会風刺が隠される）。しかも《妖精の女王》という概念が、半分は民間・庶民のバラッド的伝説の影響のもとに形成されたことが指摘されている（See 竹村 138-41）。つまり詩人が関心を寄せる公共圏の範囲が、宮廷文化の領域を超えていたのだが、それは見事に隠しおおせられていたのである。

一七世紀中葉に牧歌の政治性は消失

パストラルに発した隠蔽術を伴った社会批判は、一七世紀のミルトンの『失楽園』、マーヴェルの『アップルトン屋敷』(*Upon Uppleton House*) によって、英国抒事詩の特性となった。だが一八世紀に入る直前から、パストラルの本質は変質した。フランスのラパンは、パストラル執筆の規範を一六五九年に発表し、この英訳が一六八四年に出版され、八八年、フォントネルの『牧歌の本質論』が出、これも英訳された。両者とも、羊飼いの生活の静けさと余暇を描き、醜悪な現実を描くのを避けて、《幻想》ないしは《半真理》を提供すべきであるとした (Congleton 67; *TE* 16)。影響を受けたポウプは「作品を楽しいものにするための、幻影 (illusion) を用いなければならない。羊飼いの生活の最良の部分のみを明るみに出し、その悲惨の数々を隠すのが要諦だ」(*TE*, vol. 1, p. 27:

II. 60–5）と書いた。

コングルトンの大著と農村労働と離別した牧歌

この考え方が一八世紀中に、どのように進展または改変されたかは、コングルトン（J. E. Congleton）が大部の書物で逐一述べているとおりである。ところが二〇世紀に至っても、小説についてのパストラル論は、スクワイアズ（Michael Squires）のハーディ小説論のように、ポウプ的な考え方に基づいている。日本で牧歌的と言う場合にもこの考え方を基にしている。この旧式な牧歌概念に敢然として批判を加えたのがクラブの『村』が示すパストラル論であり、影響が『緑の木陰』に及んでいるのだ。

この牧歌概念を徹底して批判した『村』

クラブの『村』についてては、森松の旧著（森松 2011A）にその第一巻に描かれた救貧院の惨状を、『イギリス・ロマン派と《緑》の詩歌』（森松 2013A）には『村』の第二巻を扱った。だがここでは、まだ引用する機会がなかった第一巻の常套的パストラルの否定論に集中して述べたい。つまり『村』第一巻のほとんど最初から、

真実と自然から、私たちは遠く隔たってもよいのか（中略）
そうだ、こんなふうに詩人どもは幸せな牧夫のことを歌う、
なぜなら詩人どもが、牧夫の苦しみを知らないからだ、
詩人どもは登場する貧農の牧笛を誇る、だが現今、貧農たちは
牧笛を擲《なげう》って、鋤鍬の後ろからとぼとぼと歩いている。(19; 21–4)

——このように慣習となった牧歌的情景を拒絶する。牧歌が栄える理由は（一八〇七年の改訂版を訳せば）「取るに足りない主題は、なんら深い思考を求めないから／羊飼いたちを歌うのは気楽な仕事だから」(33–4) という安易な創作態度に起因すると『村』は批判し、確かに田園には魅力はあるけれども、酷暑のなか、帽子さえない貧農が働くのを見れば「このような現実の苦痛を、私は敢えて隠せようか／詩人でござると誇らしげに、安ぴかものの飾りにみちた詩句のなかに」(47–8) と歌い継ぐ。そして「私は賤《しず》が屋《や》をこそ描く／《真実》が描くとおりに、〔慣習を重んじる〕詩人が歌いそうもないふうに」(53–4、〔 〕内は森松) と決意を語る。

ハーディの名声確立前のクラブ活用法

ハーディは『緑の木陰』執筆のころ（一八七一年）、作家としての登竜門にまだ不安を抱えて佇んでいたのだから、クラブのパストラル論を、完全なかたちで受け継ぐことはできなかった——「執筆当時に、もしも、より深遠な、より本質的な、より超絶的な扱いを目的としていたならば、諸事情がこれを得策ではないとしていただろう」と彼自身が一九一二年版のはしがきに書いている（ハードカバー新ウェセックス版では一八—九頁）。出版社と批評家・読書界の要求は、一八世紀・ポウプ型のパストラルだった。だが、この型の要素を（新進作家として世に出るために）一部踏襲しながらも、少なくともボカンプトン村の《真実》の一部は伝えようと彼は努力している——この小説に先立った『窮余の策』では、彼の貧農と寒村の描写が、保守的批評家には慣習的牧歌の延長線上にあるかのように見なされて、彼らの称賛の対象だった。だとすれば寒村を牧歌卿として描かなければならない。だが当時のハーディには、クラブの《反・慣習的牧歌》の影響もまた大きかったのである。『緑の木陰』は、この二つの両立しがたい田園の扱いを、融合させることから書かれている。

《反・慣習的牧歌》にもじわり眼を向けつつ

ジェイムズ・トムソン（後述のとおり彼《トムソン》はむしろ《反・慣習的牧歌》に近い）に倣って、ハーディの小説版『四季』とも言えるこの作品は《第一部「冬」》から始まっている。第一章冒頭部の、星々の鮮烈な輝きが「鳥の翼のはばたきに似ていた」、生け垣の間を縫っている夜の細道が「縁がギザギザになったリボンのようだった」などの具体描写は、明らかにトムソンふうである（ハードバック・ウェセックス版では三二頁）。言うまでもなく、トムソンは一八世紀パストラルを本格的自然詩へと変革した詩人であり、ハーディは巻頭から牧歌《パストラル》ではなく自然詩を模範にしているのである。

第一章に登場するのは全て、村で働く人びと（working villagers, 同33）であって、理想化された牧人でもなければ美女でもない。あくまで現実の村人であり、労働のために体躯までのけぞったように曲がってしまった靴職人の歩き方は「ベストの下方のボタンがまず先に出て、そのあと躯《からだ》の残りの部分が続く」（同）。また戸外で、巨大な盥《たらい》のような、また《木製の石臼》と言うべき農具（林檎搾り器《サイダー・プレス》）で搾る際に、雨が降って水割りになった林檎酒のおかしみを描くとともに、そうでなくったって彼らは「水で割った林檎酒《サイダー》に俺たちゃ慣れっこだ」（第二章、同37）と語っている。ユーモアの底に、彼らの貧困が描かれ、当作品の商品用テクストをじわりと脱パストラル・テクストへと向かわせる。

両腕が空っぽの袖のようなリーフ君

軽度の知的障害者で、微笑みが終わったあとでも真顔に戻ることのできないリーフ君を、村人はけっして疎外しない。クリスマスの聖歌隊にこの障害者を加えて村中を廻る。「彼の両腕は、空っぽの袖のように」風に揺れていたというような描写（第一章、同34）は、後年ハーディが後悔した描き方だった（一九一二年の前書き加筆部分。「諸現実を（中略）このように笑劇的に（中略）描くべきではなかった＝28–9）。しかしこれは今日読んでも障害者への蔑視とは感じられない。村人たちが彼の人格を尊重する優しさが至るところに描かれるからである（むしろこの人物の源は、クラブの『村』に見える「弱さに安んじた、痩せ細った青年も村には見かける」＝第一部一五八―五九行かもしれない。農村出身の人びとの優しさの描写が、美化ではなくリアリズムだと感じるのは森松の幼年時代の経験に基づく）。デュイー家の長老で七〇歳ほどのウィリアムは、このクリスマスの祝いに村人たちが揃い、ようやく林檎酒（栓を抜くとき流出が起こり、村人の一人がしばらく巨大な親指［これも日々の重労働を示唆］で漏れを防いでいた）の用意ができたときまで、林檎の古木を割って薪を作る労働を続けていたが、場に現れてわざわざリーフ君の名を呼んで歓迎し、クリスマスの祝詞を投げかけている（同 41）。また田園描写の合間に、それとなく労働の場面が入りこむのは、ジョン・クレアの場合（森松 '13B および '14A 参照）と同じである。一方、村人の一人は病を得た娘（既婚だが）の運命を諦める（同 39. クラブの『村』にも貧農の病気の記述がある＝第一部一六三行以下）。のんびりと楽しげに見えるクリスマスの祝いに、人びとの苦労や悲しみも巧みに織り込まれてゆくのを見逃すべきではない。

『村』の高齢者

一方クラブの『村』には、この老いたウィリアムとは対照をなす哀れな高齢者が描かれる。「冬場に彼が見張るようにとまかされた羊の／世話をするときに、彼の白髪の上を吹き／白髪を雪のなかに埋めてしまう風が吹くときに、／しばしば彼が丘の下で泣くのが見られるであろう」(Bk I, 200ff.)。このように『村』では蔑まれるだけの高齢者が、やがて病に冒され、最後の悲哀を経験して死んで行く様が長々と描かれる。教区のカネで雇われた医者が義務的にやって来るけれども、蔑みの表情を浮かべて、病人からは目を逸らし、本当の意味での医療とはほど遠い、お役人の務めを果たすだけである。（以

下は『村』第一部からの引用）

習慣となったいくつかの問診をそそくさと終えると
返事さえ返って来ないうちに、医者はドアへと急ぐ。
気力も衰えた患者は、苦痛には慣れてしまっていて
永らく見棄てられたままなので、抗議は無駄だと知り、
今はもう他人からの僅かな助けを懇願することも止め、
無言のまま、墓場へと急ぐのである。（292–97）

推定としてのハーディへの影響

ハーディはこの描写を熟知していたはずだ。なぜなら『村』第一部の終わりに近く、クラブが「墓場では、苦難から解放されて、幸せな死者は横たわる（There lie the happy dead, from trouble free=325）」と書いたのを受けて、ハーディは自分の母の死を歌った「瞑目のあとで」（詩番号 223）のなかでさえ、その死のことを「母が全ての虐待者から／解放されて逃れた、巧みな達成」と歌ったし、「教会墓地に生い茂る者たちの声」（詩番

号580）のなかでも、今は緑の蔦《つた》となった死者（オードリー・グレイ）自身が「余はもう長いあいだ、苦労知らずに生きておる」と語るなど、（他の詩人からの影響もあろうが）この想念を受け継ぐからである。また「死神よ（中略）、お前は暴君どものなかでは最良なるもの」（『村』327; 330）というクラブの言葉は、ハーディの「彼岸にある友たち」（詩番号36）の死者たちが「この難儀の十字架（＝生）から、遅い早いの差こそあれ皆、解放されて／神々のような落ち着きを見せつつ、月下に起こるすべてを無視して」合唱する言葉──「私たちは、死によって勝利を達成したのです。（中略）生前は大切にしていた《めんこい若雌牛》やら、ひそかに取っておいた手紙類やら、／こんなもん、皆さん好きなようにしてええぞ」──に生きているからでもある。

新進小説家の限界

だがクラブのように田園の貧者の苦難やむごたらしい死を小説に描くことは、まだ小説家として認められていないハーディにはできなかった。何としても、編集者や読者の要望に応えなければならなかった。それなのにハーディは、より本質的なかたち（すなわちクラブが『村』で見せた、ポウプ型の安易な牧歌からの脱出）でクラブを継承した。

この限界の打開策

これを具体的に言うならば、リアリティとしての庶民文化を、読者も承知の支配階級文化に対置させたのである。従来のパストラルでは田園の庶民は、ポウプの言葉どおり一種の美的《幻影》であって、リアリティから遠く離れていた。支配階級の文化は、この幻影を、美として眺める基盤として意識されこそすれ、通例牧歌には登場しなかった。だが『緑の木陰』では、古い歴史のある村の教会合唱隊を存亡の危機に陥れるメイボウルド牧師の姿をとって（善意の人物として描くという隠蔽術を用いながら）攻撃的に現れる。小地主シャイナもこの上位文化を代表する。ヒロインの、教育を受けて学校教師の資格を得た娘、ファンシィ・デイ (Fancy Day) の心のなかには、上位・下位の二つの文化がせめぎ合いながら共存する。ハーディは下位文化の臨場感《リアリティ》を高めるために、上位文化の点描を含めて、村の姿を活写した。

労働現場を示唆する場面

主人公ディック (Dick Dewy) の家に集まった教会合唱隊の一人、先に触れた靴職人ペニィは「しまった、今晩のうちに靴を届けなければならなかったのに」と言い出したが、明日の朝一番にしようと訂正し、このクリスマス・イヴの、村を巡回して各戸の前でキャロルを歌う仕事に加わることにした。ここでも労働が示唆され、しかも真夜中の巡回のあと、靴を仕上げて「朝一番」にファンシィ・デイに届けるという勤勉さがそれとなく描かれる。また石工のジェイムズ老人の上着ポケットは巨大であることが、ユーモラスに描かれる。この老石工（モデルはハーディの父）は仕事の合間に食事をする。「この二つのポケットのなかにバターの小さなブリキ缶、砂糖の小缶、お茶の小缶、紙に包んだ塩、同じく胡椒を携えていた」(42) し、パンとチーズと肉は、金槌、鑿《のみ》と一緒に背中の籠に入れてあったと描かれる。（ジョン・クレア「樵夫」['The Woodman', *PC* 90] でも、鶴嘴《つるはし》と鉈鎌《なたかま》を入れていた彼の道具袋に、花々や、花咲く小枝、色鮮やかな蝸牛を、労働のあとの子たちの土産に入れている =*PC* 91。この下位文化をハーディも描出）。リアルな描写は続き、「宵も早いうちから、薄い羊毛のような雪が降っていたので、脚絆《きゃはん》のない人びとは厩舎《きゅうしゃ》に行って、一房の干し草を踵のまわりに巻きつけて、油断のならない雪片が長靴のなかに入るのを防いだ」と描かれている (47)。

村民それぞれの村の庶民文化の受け止め方

このあと聖歌隊巡回を始めると、室内で歌を聞いたはずのファンシィがなかなか姿を見せない。だがやがて二階の窓を額縁にして、無意識に蝋燭《ろうそく》で自分の顔を白々と照らしながら顔を覗かせ（その美しさにディックは一目惚れ）、「ありがと、歌い手さん！　ありがとさん」と礼を言った。つまりハーディは、遅い反応で彼女のなかの脱農村性を描き、だがその後の態度で村の庶民文化への共感を表す。富裕な農場主シャイナの門前で歌うと、「黙れ！」という罵声が聞こえる（しかし合唱隊員はこれを恨まず、翌日パーティに彼を招く）。最近着任した独身牧師メイボウルドは、ベッドに潜ったまま、顔も見せずに「ありがと」と言う。この間に教会の鐘が鳴り、古びたその音色に合唱隊員たちはそこにこそ《時》の通路があると感じる。この感覚は詩のなかで語られたように感じられる（55）。古びた教会は庶民文化の一端なのだ。

庶民を無視した上位の二人

美人教師ファンシィを、地主シャイナも牧師メイボウルドも色目で見た。シャイナはパーティのあと、彼女を自宅へ送り届ける役を申し出て、夜道の危険から護られることへの感謝を僅かに超えた好意を彼女から得、教会にオルガンを備えて彼女に弾かせるように牧師に要請した。牧師はこの案のとおりにオルガンを入れて、ファンシィにオルガニストとしてのデビューの機会を与える。つまり聖歌隊は教会に無用の存在になるわけだ。上位の階級と下位の聖歌隊のメンバーとはこのように対立する。メンバーはせめて次のクリスマスまで聖歌隊を存続させるように、リーフ君をも連れて、交渉に出向くが、九月二九日の聖ミカエル祭まで聖歌隊を存続させるという牧師の折衷案を飲んで、温和《おとな》しく引き下がる(100)。この時聖歌隊の一行は、被《かぶ》ってもいない帽子のつばに手を当てる仕草をして、牧師に挨拶する。ここにも下位文化の特性が描かれる。

看板がない靴屋

第二部第二章は、靴屋のペニィの店を具体的に描写しながら始まる。店のドアには看板がない——「どのようなかたちの広告を掲げることも、ここでは軽蔑されていた。（中略）個人的な尊敬に基づいた人間的結びつきのみで存在している店舗の名前を（中略）彩りも鮮やかに大書しておくことは、ペニィの品位(dignity)が許さぬことと感じられたであろう」(83)。朝から晩まで開け放たれた窓の向こうで働くペニィの姿は、モローニ

（G. B. Moroni, 1525–78: 伊・「仕立て屋」を描いた画家）の描く肖像画に見える（同）。ペニィを「品位（威厳）」、顧客の「尊敬の念」などの言葉で示すハーディは、懸命に働く靴工を尊厳あるリアルな人物として呈示する。農民が「類型的・没個性的な《田吾作》ではなくなって〔……〕個性をもった同胞となる」という『テス』のなかの言葉の先取りだ。また先代牧師の故グリナムは、上位階級の常識から見れば異端者じみた地方臭の強い牧師だったことが農民の噂から知られる。彼は形式的な牧師の職務（ministration）は全然行わなかった。信徒の家を訪問しない。訪問は「あなたはもう年取って、教会から遠いところにいるんだから、礼拝には来んでいい」（86）と言いに来たときだけだった。こうした牧師を尊敬するのが庶民の文化である。

知的障害者が役割を果たす庶民文化

そして第一部ではややコミカルに描かれたリーフ君は、第二部ではこの文化にどのように受け容れられ、役割を与えられるかが描かれる。彼は合唱隊で最高音部を歌うことができる。自分が頭の悪いことを自覚し、それを言葉にする――

その場の皆がリーフの言葉に同意した。それは、隠しだてせず頭の悪さを認めたリーフを貶《おとし》め辱《はずかし》めようという気持からでは決してなくて、リーフ自身が頭の悪いことを少しも気にしていないことを皆がもともと受け容れていたからだった。というのも、彼のような欠陥は、教区の歴史のなかでは、騒ぐ必要のない、よくある出来事だったからである。(90)

今日我われは、下位文化が当然視していたことを、標準的文化に吸収しようと努めている。

《魔女》への信頼も庶民の心

この間に臨時的運送業者の息子ディックとファンシィは両思いになる。だがファンシィの父親は、娘の亡母は知的な家庭教師（中産階級の下位）だったこと、娘は学校でも一番の成績であり、学校は娘の伯母の経営で、伯母は弁護士（中産階級の中位）と結婚したことを理由に、下層階級のさらに底辺に近いディック一家と姻戚になるのを拒んでいる。状況の打開のため、ファンシィは暴風雨を衝いて、神通力を持つ魔女だと噂される老女《エンドフィールド》を訪ねて、父の反対を抑える方法を尋ねにゆく(156)。この、新牧師が就任してからは疎外された《魔女》への信頼もまた、下位文化の一つの特徴である（故グリナム牧師の長期在任のころには、人びとは魔女たちに対して好意的だった=157)。《魔女》の忠告（食欲喪失の演技）は功を奏し、父親は、娘可愛さから二人の結婚を認めた。

雨と棺桶の塗料で汚れていた恋人

メルストック教会にオルガンが入った日、ディックの隣村の友人が死んだ。柩《ひつぎ》はきっと僕が担ぐぞと約束しておいたディックは、約束を破るわけにはいかないと主張して、婚約者ファンシィのオルガニストとしての初舞台を見なかった。その夜、ファンシィが雨になった戸外を見ていると、友人の葬儀を終えたディックが、遠い隣村から、さらに遠回りをしてファンシィに会える学校の下を通った。彼の上着は、雨と棺桶の塗料で汚れていたが、ディックは友達のためだ、満足だという。汚れてびしょ濡れの男なんて魅力ないわねとファンシィは思った。入れ替わりに、もう一つの人影と優雅な最上等の絹傘。ファンシィは見とれた。メイボウルドだった。牧師は、私と結婚してくれと切り出した。ファンシィは断った。しかし牧師の求愛は続き、ヨークシャーに移ってピアノを買い、きらびやかな社交界に出入りしましょうと誘う。支配階級のこの華麗さを思い描いて、ファンシィは思わず、彼の申し込みにイエスと答えた(171)――牧師は彼女とディックとの婚約を知らなかったのだから、罪のない求婚ではあるが、彼が支配階級からなる《社交界》の存在しない現在の村からの脱出を願っていることと、村の下位文化に何の共感も有していないことがこの場面に如実に描かれ、絹傘さえ、支配階級の驕りの象徴となっている。

下位文化へ復帰するヒロイン

ファンシィは自分が過ちを犯した瞬間から、ただちに自己の欠点と闘って、下位階級への忠誠へと復元を果たす女である（『自負と偏見』のエリザベスが大地主の華麗な館と地所を見て、それまでの考えを変える成り行きの逆であり、パロディである）。そして全編の終結部で、結婚式に村中の男女が手を組んで戸外を行列するという、上位文化にはない風習について、森に生き森に死んだ彼女の亡母のやり方を忠実に踏襲しようと彼女は決心する――「決定はファンシィに任された。『そうね、わたしも母がしたとおりにしたほうがいいかな』彼女がそう言うので、男と女がそれぞれ組になって、木々の下を歩いていった」(186)——地位も富裕度も最も低い結婚相手を選んでのハッピー・エンディングという点で、みごとに従来の小説パターンを打ち破り、貧しげな結婚相手が実は王子だったというようなパストラル(例は、優れた作品だが、シェイクスピアの『冬の夜話』)やオペラ(例は『チェネレントーラ』)における常套にも真正面から対立している。クラブの脱牧歌を受け継いだのである。

あとがき

我が国ではトマス・ハーディの小説家像のみが知られていて、本質的に詩人である彼の側面は関心を呼んでいない。ハーディの詩的な心がどのように小説に持ちこまれているかを示すのも意味のあることではないかと考えて、一〇年前に出版を思いたった。本書第二章は主としてその頃の文章に手を入れたもので、どこかいびつな感じがするだろう。しかし土岐恒二氏の霊に捧げるべく、できるだけ新たに想を練り、心を籠めて第二章を三、四倍に増幅した。

土岐氏と森松の個人的触れあいは、残念ながら濃密だったとは言えない。しかし「ハーディと世紀末」と題する日本英文学会でのシンポジアム（一九九二年）と、本書の基となった日本ハーディ協会でのシンポジアム（二〇〇五年）を準備するなかで親しくお話を伺う機会を得た。一九九二年には既に世は文学セオリーで持ちきりだったが、氏はセオリーを熟知しながら、セオリー倒れになる文学作品の扱いには批判的で、「テクストの民主主義」という言葉でこの傾向を批判しておられた。読者にとっての作品の善し悪しを無視して、作品をひとしなみに文化現象の一資料と捉えて論じる世相へのからかいであった。この文学観は例えば、二段組み、8ポ、六〇〇頁あまりという土岐氏の巨大訳著『ボマルツォ公の回想』（ムヒカ＝ライネス作、集英社一九八四年刊）の解題のなかで、「ムヒカ＝ライネスの文学は、論じられる対象であるよりも読まれる対象」であるからこそ日本における知名度が低い、という言葉でその文学を讃えられた態度に、鮮明に現れている。読まれ、味わわれてこそ、文学作品は存在意義を持つというのだ。詩を味わい、その価値を認識して音楽で表現する（つまり、詩文に曲付けした）CDが現れると新宿の奥まで駆けつけるという氏の姿勢にも、これは示されていた。

土岐氏はイギリス文学だけではなく、ラテンアメリカの文学についても、恐るべき博識ぶりを発揮された。右記のムヒカ＝ライネスだけではなく、コルターサルの『石蹴り遊び』の大きな訳著（集英社一九八四年刊、同じ年に二大訳業！）、同じコルターサルの「キルケー」（共訳『現代ラテン・アメリカ短編選集』、白水社一九七二年刊）や、ボルヘス『永遠の歴史』の単訳著（筑摩書房、一九八六年刊）、『不死の人』の単訳著（白水社一九九六年刊）等々を思えば、これは容易に納得されるであろう。そして同時に英米文学多分野（イギリス・ロマン派のシェリー、ド・クインシー、世紀末のペイター、キプリング、二〇世紀のコンラッド、デイ・ルイス、アメリカのメルヴィル、パウンド、エドマンド・ウィルスンなど訳著多数）の紹介と、それら飜訳に付された卓抜な解題によって、英米文学畑ではもちろん、広く一般読者にも知られる存在であった（文庫本もボルヘス『永遠の歴史』、E・ウィルスンの『アクセルの城』など数多い。詳細は巻末の著者紹介参照）。

二〇一二年の、専修大学で行われた日本英文学会のあと、長大な外階段の下に誰かを待つ風情の人影があった。土岐氏かと思えたが、永らくお会いしていなかったので私の認識力が衰えていた上、まさか私を待っておられるとは思えなかった。ところが何と私を眼にしていて下さったのだ！　そのあと駅前の軽食店で、私がながながと自己中心的なお喋りをした。土岐氏は笑顔を絶やさずに聴いて下さった。至福の時であった。

また次は二〇一三年一月末のことだ。亡くなられたある方のお通夜で、私は暖かい室内にいたのだが、お焼香に向かうとき、寒いドア口の黒々とした夜気のなかに立ちつくす土岐氏の姿を見た。場所柄、黙礼だけで近くを通り過ぎたのだが、これが最後の出会いになってしまった。《辛抱》の寓意像のように寒風に身を晒しておられたのは、いかにも土岐氏のお人柄を感じさせる情景であった。出版遅延の詫びの電話にも毎回、寛容そのもののお声で接してくださった。

このような土岐氏に、深い哀悼の念を表しつつ、小著を捧げる次第である。

ところで変則的な共著である本書の出版に当たっては、音羽書房鶴見書店社主の山口隆史氏のご理解と適切な助言を頂いた。特にこの恩恵を記して（読みやすい版面を作ってくださった編集の本城氏にも）深い感謝を表さずにはいられない。また今回も大変にお世話になった成蹊大学図書館と館員の皆様にも、心からお礼を申しあげたい。またこの小著をお読み下さる方があれば、その方にも頭を下げたい。

なお第二章第四節に見えるパストラルの歴史についての部分は、旧拙著（2011A, この部分はほとんどどなたにも読まれていない）に記した内容を、短縮・平易化して再録したものであることをお断りする。

二〇一五年一月

森松　健介

11 vols. Methuen, 1961 (=*TE*)
Pound, Ezra『ゴーディエ＝ブルジェスカ、ひとつの回想』John Lane, 1916.
ラマチャンドラン (Ramachandran, V. S.). 山下篤子訳『脳のなかの天使』、角川書店、2013.
Rutland, William R. *Thomas Hardy: A Study of his Writings and their Background*. Basil Blackwell, 1936.
Shelley, Percy Bysshe (eds. Matthews & Everest) *The Poems of Shelley*. (*S I*) Vol. I & (*S II*) II, Longman, 1989, 2000.
Sidney, Sir Philip. *An Apologie for Poetrie*, London 1595. Rprt: Amsterdam, Theatrum Orbis Terrrarum, 1971.
——. (ed. Yoshiaki Huhara) *The Defence of Poesy*.『詩の弁護』、研究社、1968.
SL → (ed. Milgate). *Thomas Hardy: Selected Letters*. Oxford, 1990.
Squires, Michael. *The Pastoral Novel: Studies in George Eliot, Thomas Hardy, and D. H. Lawrence*. Virginia UP, 1974.
鈴木信太郎「ポエジイ（詩）について」、『詩とは何か：現代詩講座第一巻』、創元社、1950.
スタフォード (Stafford, Barbara M). 高山宏訳『ボディ・クリティシズム』、国書刊行会、2006.
Swinburne, Algernon Charles. *Songs Before Sunrise, and Songs of Two Nations*. Chatto & Windus, 1904; 1911.
——. *William Blake: a critical essay* (1865). Heinemann, 1925.
竹村はるみ「エリザベス朝宮廷祝祭における『妖精の女王』のロマンス的変容」、日本シェイクスピア協会編『シェイクスピアと演劇文化』、研究社、2012.
TE → Pope, above.
Thomson, James. (ed. J. Logie Robertson). *The Complete Poetical Works of James Thomson*. Oxford UP., 1908; Rprt: 1951.
Wordsworth, William (eds. W. J. B. Owen & J. W. Smyser). *The Prose Works of William Wordsworth*, Vol. III. Oxford, 1974.
藪下卓郎、山中光義、中島久代監修（飜訳）『全訳チャイルド・バラッド』、全３巻、音羽書房鶴見書店、2005–06.

McVeagh, Diana: *Gerald Finzi His Life and Music*. Boydell, 2005.
Millgate, Michael, ed. (*LW*) *The Life and Work of Thomas Hardy: By Thomas Hardy*. Macmillan, 1984.
——. ed. (*SL*) *Thomas Hardy: Selected Letters*. Oxford, 1990.
Moore, Kevin Z. *The Descent of the Imagination: Postromantic Culture in the Later Novels of Thomas Hardy*. New York UP, 1990.
森松健介『十九世紀英詩人とトマス・ハーディ』、中央大学出版部、2003.
——.（森松 2006A）『テクストたちの交響詩——ハーディ一四の長編小説』、中央大学出版部、2006.
——.（森松 2006B）『抹香臭いか、英国詩』、中央大学人文科学研究所、2006.
——.（森松 2011A）『近世イギリス文学と《自然》』、同、2011.
——.（森松 2011B）P. B. Shelley's 'Alastor' and Hardy's Poems",『人文研紀要 65 号』、中央大学人文科学研究所、2011.
——.（訳と解説）『覇王たち』第一部、トマス・ハーディ全集 14–1、大阪教育図書、2012.
——.（森松 '13A）『イギリス・ロマン派と《緑》の詩歌』、中央大学出版部、2013.
——.（森松 '13B）「John Clare の牧歌技法」中央大学「人文研紀要」2013 年号.
——.（森松 '13C）『バーバラ・ピム全貌』、音羽書房鶴見書店、2013.
——.（森松 '14A）『新選 ジョン・クレア訳詩集』、音羽書房鶴見書店、2014.
——.（森松 '14B）『イギリス文化事典』（共同執筆）、丸善出版、2014.
——.「ハーディの『窮余の策』とイギリス・ロマン派——G. クラブ、P. B. シェリーとオースティン」、『英国小説研究第二五冊』、英宝社、2015.
Page, Norman (ed.). *Oxford Reader's Companion to Hardy*. Oxford UP, 2000.
Patterson, Annabel. *Pastoral and Ideology: Virgil to Valery*. California UP, 1987.
PC= Penguin Classics: John Clare Selected Poems. (ed. Geoffrey Summerfield), Penguin, 2000.
Pinion, Frank B. *Thomas Hardy: Art and Thought*. Macmillan, 1977.
——. *Hardy the Writer: Surveys and Assessments*. Macmillan, 1990.
Pope, Alexander. *The Twickenham Edition of the Poems of Alexander Pope*.

——. *I said to Love. Six Songs for Low Voice and Piano Op.19b, Words by Thomas Hardy*. London, Boosey & Hawkes, 1958.
Fisher, Joe. *The Hidden Hardy*. Macmillan, 1992.
藤田幸広　日本シェリー研究センター第 22 回大会シンポジューム *The Mask of Anarchy* での司会者としての「レスポンス」発言（実際には本格的論評）、2013.
Gibson, James. (ed.) *The Complete Poems of Thomas Hardy*. Macmillan, 1976
——. (ed.) *Thomas Hardy: Interviews and Recollections*. Macmillan, 1999.
Hardy, Florence Emily. (=*Life*) *The Life of Thomas Hardy: 1840–1928*. Macmillan, 1962.
——. (ed. Schweik, Robert C.) *Far from the Madding Crowd*. A Norton Critical Edition, 1986.
Hardy, Thomas (ed. Milgate) (=*SL*). *Thomas Hardy: Selected Letters*. Oxford, 1990.
——. (ed. James Gibson) *The Complete Poems of Thomas Hardy*. Macmillan, 1976.
——. *The New Wessex Edition* (Hard Cover Edition) *of Thomas Hardy's Novels*. London: Macmillan , 1975.
——. *Pocket Wessex Editions & New Wessex Editions*. Macmillan, 1902–54.
——. *LW* → *The Life and Work of Thomas Hardy: By Thomas Hardy* (ed. Millgate). Macmillan, 1984.
Hatch, Ronald B. *Crabbe's Arabesque: Social Drama in the Poetry of George Crabbe*. McGill-Queen's UP, 1976
Huhara, Yoshiaki（富原芳彰）→ Sidney.
井出弘之『ハーディ文学は何処から来たか――伝承バラッド、英国性、そして笑い』、音羽書房鶴見書店、2009.
木谷厳、田代尚路. 2014 年度「イギリス・ロマン派学会」大会での口頭発表.
Life → Hardy, Florence Emily.
Lothe, Jakob. "Variants on genre: *The Return of the Native, The Mayor of Casterbridge, The Hand of Ethelberta*". *The Cambridge Companion to Thomas Hardy*. Cambridge UP, 1999.

引用・参照文献

Arnold, Matthew.(ed. Doi, Kochi) *Essays in Criticism*. Kenkyusha, 1947.

Bakhtin, Mikhail M. (ed. Michael Holquist) *The Dialogic Imagination: Four Essays by M. M. Bakhtin*, Texas UP, 1981.

Blake, William. *The Complete Poetry and Prose*. → Erdman.

Bowra, C. M. *The Lyrical Poetry of Thomas Hardy* (Byron Foundation Lecture, 1946). Nottingham, University College, 1946. Rpt: Haskell House, 1975.

Bruder , Helen P & Connolly, Tristanne (eds.) *Sexy Blake*. Macmillan Palgrave, 2013.

Carlyle → Crabbe, below.

Congleton, J. E. *Theories of Pastoral Poetry in England, 1684–1798*. Gainsvill, Florida UP, 1952.

Crabbe, George (ed. Adolphus William Ward). *Poems by George Crabbe*. 3vols. Cambridge UP, 1906.

——. (ed. A. J. Carlyle & R. M. Carlyle). *Crabbe's Poetical Works*. Oxford UP, 1932.

Ebbatson, Roger. *Hardy: The Margin of the Unexpressed*. Sheffield Academic Press, 1993.

Erdman, David V. (ed.). *The Complete Poetry and Prose of William Blake*. Newly Revised Ed. California UP, 1982.

Finzi, Gerald. *A Young Man's Exhortation. Ten Songs for Tenor and piano, Op.14., Word by Thomas Hardy*. London, Boosey & Hawkes, 1957.

——. *Earth and Air and Rain. Ten Songs for Baritone and Piano, Op.15, Words by Thomas Hardy*. London, Boosey & Hawkes, 1936.

——. *Before and after Summer. Ten Songs for Baritone and Piano, Op.16, Words by Thomas Hardy*. London, Boosey & Hawkes, 1949.

——. *Till earth outwears. Seven Songs for High Voice and Piano, Op.19a, Words by Thomas Hardy*. London, Boosey & Hawkes, 1958.

『アップルトン屋敷』(*Upon Uppleton House*) 131
マンスフィールド (1888–1923) 84
宮沢賢治 (1896–1933) 84
ミルトン (1608–74) 15, 27, 54
『失楽園』15, 131
ミルフォード (Robin Milford, 1903–59) 30
ムーア (Kevin Z. Moore) 74–6
メイスフィールド (John Edward Masefield, 1878–1967) 27
森松健介（著作名のみ記載）
『抹香臭いか、英国詩』12
『テクストたちの交響詩』98, 102
『近世イギリス文学と《自然》』128
『イギリス・ロマン派と《緑》の詩歌』110, 132
モーリー (Thomas Morley, 1557–1602) 25
モローニ (G. B. Moroni, 1525–78) 143
「仕立て屋」143

ヤ

山本容子 51
『あのひとが来て』51
「脳のカタチをした迷路」51–2

ラ

ラパン (René Rapin, 1621–67) 131
ラモー (Jean-Philippe Rameau, 1683–1746) 82
「村の女性」('La Villageoise') 82
ルーカス (F. L. Lucas, 1894–1967) 27
ロセッティ、ダンテ・ゲイブリエル (1826–82) 77, 104
ロセッティ、クリスティーナ (1830–94) 27, 106
「リメンバー」106
ロセッティ、ウィリアム・マイクル (1829–1919) 104
ロッシーニ (Gioacchino Rossini, 1792–1868) 148
『チェネレントーラ』(*Cenerentola*) 148
ロード大主教 (William Laud, 1573–1645) 14
ロビンソン、メアリ (Mary Robinson, 1758–1800) 109
『サッポーとパオーン』(Sappho and Phaon, 1796) 109–10

ワ

ワーズワース (1770–1850) 27, 68, 74, 76, 80–2
『抒情民謡集』80–2
「彼女の両眼は惑乱して」('Her Eyes Are Wild') 80–1
「見棄てられたインディアン女の嘆き」('The Complaint of a Forsaken Indian Woman') 81–2
「廃屋」74–6
「ルーシー・ポエムズ」120
和田綾子 109
『四つのゾア』論 109

Rain, Op.15.) 21, 28, 31–37
『ディエス・ナタリス（生誕の日）』（トラハーン）27
『花束を持って行こう』（シェイクスピア）27
『不滅のオード』（ワーズワース）27
『子供の歌一〇編』（クリスティーナ・ロセッティ）27
ミルトンの二編のソネット 27
『ある詩人に』（トラハーン、デ・ラ・メア、F・L・ルーカス、ジョージ・バーカー等）27
『レクィエム・ダ・カメラ』（メイスフィールド、ハーディ、ギブソン）27
『スリー・ショート・エレジーズ』（ウィリアム・ドラモンド）27
『無伴奏パートソング七曲』27
A Young Man's Exhortation, Op.14. 28
Before and after Summer, Op.16. 29
Till Earth Outwears, Op.19a. 29
I Said to Love, Op.19b. 29
フォントネル (Barnard Le Bovier de Fontenelle, 1657–1757) 131
『牧歌の本質論』131
藤田幸広 128
ブラウニング (Robert Browning, 1806–61) 36, 50
ブランデン (Edmund Blunden, 1896–1974) 30
ブリッジズ (Robert Bridges, 1844–1930) 27, 28
ブリテン (Benjamin Edward Britten, 1913–76) 25
ブルーダー (Helen P. Bruder) 109
『セクシーなブレイク』109
ブレイク (1757–1827) 15, 54, 77.102–4
『無垢の歌』77–80
「聖木曜日」('Holy Thursday') 77
「肌の黒い幼い少年」('The Little Black Boy') 78–9
「谺（こだま）する緑地」('The Echoing Green') 79–80
「アルビオンの娘たちの幻想」('Visions of the Daughters of Albion') 102–3
フレッチャー (John Fletcher, c.1585–1623) 25
ブロンテ、エミリ (1818–48) 15
「我が魂は怯惰ではない」('No coward soul is mine. . .') 15
ベイリー、J. O. (J. O. Bailey, 1903–79) 41
ペトラルカ (Francesco Petrarca, 1304–74) 128–9
ベルリーニ、ジョヴァンニ (Giovanni Bellini, 1430–1516) 101, 120–1
「聖母子」101, 120–1
ヘンデル (George F. Handel, 1685–1759) 25
ポウプ (1688–1744) 131–2, 139–40
ボナパルト（ナポレオン）46, 107
ボーモント (Francis Beaumont, 1584–1616) 25
ホルスト (Gustav Holst, 1874–1934) 25, 27

マ

マーヴェル (Andrew Marvell, 1621–78) 131

「幻」(“The Phantom Horsewoman”, 294) 39
「ライ麦畑の女」(‘The Woman in the Rye’, 299) 108
「彼女の秘密」(‘Her Secret’, 302) 108
「修道院の石工」(‘The Abbey Mason’, 332) 105
『映像の見えるとき（第5詩集）』(*Moments of Vision*, 1917) 40, 57–8
「彼の心臓」(‘His Heart’, 391) 108
「暦年の時計」(“The Clock of the Years”, 481) 40, 47–8
「バレエ」(‘The Ballet’, 438) 95
「教会墓地にて」(“In a Churchyard” [“While Drawing in a Churchyard”], 491) 40, 48–9
「私がこの世から出ていったあと」(‘Afterwards’, 511) 57–8
『近作·旧作抒情詩（第6詩集）』(*Late Lyrics and Earlier*, 1922) 39, 58
「夏の計画」(“Summer Schemes”, 514) 39–41
「教会墓地に生い茂る者たちの声」(‘Voices from Things Growing in a Churchyard’, 580) 139
「窓の外の彼女」(‘Outside the Casement’, 626) 105–6
「それでぼくは出かけたのだ」(“So I Have Fared” [“After Reading Psalms XXXIX, XL, etc.”] 661) 39, 46
『人間模様（第7詩集）』(*Human Shaws*, 1925) 39, 43, 58
「ともに待ちつつ」(“Waiting Both”, 663) 39, 43–4
「郊外の雪」(Snow in the Suburbs, 701) 62, 64
「森林地の冬の夜」(‘Winter Night in Woodland’, 703) 124–5
「ダーンノーヴァ荒野の格闘」(‘The Fight on Durnover Moor’, 729) 105
『冬の言葉（第8詩集）』(*Winter Words*, 1928) 18, 58
「いまをときめく歌鳥たち」(“Proud Songsters”, 816) 40, 49–50
『覇王たち』(*The Dynasts*, 1903–8) 22, 126
『ハーディ全詩集』23, 30
「イギリス小説における率直さ」18
「我が詩作の弁明」16
バード、ウィリアム (William Byrd, 1543–1623) 25
バニヤン (John Bunyan, 1628–88) 23, 26, 30
『天路歴程』26
バフティン (Mikhail M. Bakhtin, 1895–1975) 53
樋口一葉 (1872–96) 84
ピム (Barbara Pym, 1913–80) 100
パルミジャニーノ (Parmigianino, 1503–40) 120–1
「首の長い聖母」120–1
フィンジィ (Gerald Finzi, 1897–1956) 21–52
『土と大気と雨』(*Earth and Air and*

ハーディ、エマ (1840–1912) 44–5, 108
ハーディ (Thomas Hardy, 1840–1928)
全編
『窮余の策』(*Desperate Remedies*, 1871) 7, 8, 112–8, 121–2
『緑樹の陰』(*Under the Greenwood Tree*, 1872) 19, 58–60, 122–48
『青い瞳』(*A Pair of Blue Eyes*, 1873) 55, 119–20
『はるか群衆を離れて』(*Far from the Madding Crowd*, 1874) 9, 58, 60–70, 87–91, 110
『エセルバータの手』(*The Hand of Ethelberta*, 1876) 100, 109
『帰郷』(*The Return of the Native*, 1878) 55, 58, 70–3
『ラッパ隊長』(*The Trumpet-Major*, 1880) 55, 104, 106–7
『微温の人』(*Laodecean*, 1882) 112–3
『塔上の二人』(*Two on a Tower*, 1883) 55, 113
『カスターブリッジの町長』(*The Mayor of Casterbridge*, 1885) 55
『森林地の人びと』(*The Woodlanders*, 1887) 58, 73–7, 82–3, 95–7
『ダーバーヴィル家のテス』(*Tess of the D'Urbervilles*, 1891) 19, 55, 58, 87, 92–5, 97–100, 102–4, 117, 144
『日陰者ジュード』(*Jude the Obscure*, 1895) 12, 14, 15, 17, 18, 55, 118
『恋の霊』(*The Well-Beloved*, 1897) 10
『貧しい男と令嬢』 122
『ウェセックス詩集』(*Wessex Poems*, 1898) 85
「仮のものこそ　世のすべて」(‘The Temporary the All’, 詩番号 2) 85–6
「女から彼への愁訴 II」(“She to Him II”, 15) 7, 8, 116–7
「ロリクム＝ロールム」(“Rollicum-Rorum” [“The Sergent's Song”, 19]) 39, 46–7
「私のシセリー」(‘My Cicely’, 31) 123
「彼岸にある友たち」(‘Friends Beyond’, 36) 139
『過去と現在の詩』(*Poems of the Past and the Present*, 1901) 34, 40
「ローザンヌ――ギボンの旧庭にて、午後一一――一二時」(‘Lausanne: In Gibbon's Old Garden: 11–12 p.m.’, 72) 16
「リズビー・ブラウンに」(“To Lizbie Brown”, 94) 40, 47
「王者《宿命》の実験」(‘The King's Experiment’, 132) 124
『時の笑いぐさ』(*Time's Laughingstock and Other Verses*, 1909) 35
「歩いている死者」(‘The Dead Man Walking’, 166) 84–5
「瞑目のあとで」(‘After the Last Breath’, 223) 139
『人間状況の風刺（第 4 詩集）』(*Satires of Circumstance*) 39, 58
「ぼくがライオネスに出立したとき」(“When I Set Out for Lyonnesse” 254) 39, 41–3
「眠れる歌い手」(‘A Singer Asleep’, 265) 104

「ハーヴェィへの書簡」130
『妖精女王』(*The Faerie Queene*, 1590, 96) 130

タ

ダウランド (John Dowland, 1563–1626) 25
高山宏 109
（訳）『ボディ・クリティシズム』109
竹村はるみ 131
ターナー (J. M. W. Turner, 1775–1851) 60
ダニエル（＝ダンエル。John Danyel, 1564–1626）25
谷川賢作 51
『あのひとが来て』51
谷川俊太郎 51
『あのひとが来て』51–2
「まどろっこしい存在」52
「旅」の連作八編 52
チェーホフ (1860–1904) 84
（チャイコフスキー）55
『白鳥の湖』55
チャイルド (Francis J. Child, 1825–96) 19
『全訳チャイルド・バラッド』19
ティペット (Michael Tippett, 1905–98) 25
ディーリアス (Frederirich Delius, 1862–1934) 25
テニスン (1809–92) 54, 69, 83
『イーノック・アーデン』83
「シャロット姫」54
デ・ラ・メア (Walter de la Mare, 1873–1956) 27
土岐恒二 (1935–2014) 21–52. 前書き・後書きも参照。
トムソン (James Thomson, 1700–48) 59, 64, 66–9, 135
『四季』64, 67–9
ドライデン (1631–1700) 25
トライフィーナ (Tryphena Sparks, 1851–90) 108
トラハーン (Thomas Traherne, 1637–74) 27
ドラモンド (William Drummond, 1585–1649) 27–8

ナ

ナポレオン → ボナパルト

ハ

バイロン (1788–1824) 69
パウンド (Ezra Pound, 1885–1972) 34, 36, 37, 50
バーカー、ジョージ (George Barker, 1913–91) 27
「士師記」(The Book of Judges) 12
パーシー、トマス (Thomas Percy, 1729–1811) 19
『イギリス詩遺風』19
パーセル (Henry Purcell, c.1659–95) 25
パタソン、アナベル (Annabel Patterson) 128–9
バタワース (George Butterworth, 1885–1916) 25
パットモア (Coventry Patmore, 1823–96) 119

クィルター、ロウジャー (Roger Quilter, 1877–1953) 25
クーパー (William Cowper, 1731–1800) 68
クラブ (George Crabbe, 1754–1832) 10, 121–7, 132–4, 136–9
『村』(*The Village*, 1783) 127, 132–4, 136–9
『さまざまな物語』(*Tales*, 1812) 123
「恋人の旅」('The Lover's Journey') 123
『大邸宅の物語』(*Tales of the Hall*, 1819) 124
「密輸業者と密猟者」('Smugglers and Poachers') 124
クラブの子息 123
『クラブの生涯と詩作品』(1835; 37; 54; 61) 123
クレア、ジョン (1793–1864) 59, 83, 137
「死せるドビンについての農業労働者の独白」('Labourers Soliloquy on Dead Dobbin') 83
「樵夫」('The Woodman') 141
『ゴールデン・トレジャリ』(Palgrave: *The Golden Treasury of Sobgs and Lyrics*, 1861) 9
コウルリッジ、S. T. (1772–1834) 59
コングリーヴ (William Congreve, 1670–1729) 25
コングルトン、J. E. (James Edward Congleton, 1919–2001) 132

サ

サマヴィル (Arthur Summerville, 1863–1937) 25
シェイクスピア 15, 25, 27
『冬の夜話』148
『大嵐』15
シェリー、P. B. (1792–1822) 10, 54, 59, 68–9, 84, 107, 122
「アラスター」10, 95
『イズラムの反乱』10, 54, 107
『縛りを解かれたプロミーシュース』10, 54
「オジマンディアス」84
『レイオンとシスナ』→『イズラムの叛乱』
シドニー (Sir Philip Sidney, 1554–86) 129
『詩の擁護』(*An Apologie for Poetrie*) 129
スミス (Charlotte Smith, 1749–1806) 68
庄野潤三 (1921–2009) 84
スウィンバーン (1837–1909) 12, 14, 77, 104
「プレリュード」('Prelude') 12–4
『ブレイク論』(1866) 104
スクワイアズ (Michael Squires) 132
鈴木信太郎 (1895–1970) 56–7, 70
スタフォード (B. M. Stafford) 109
『ボディ・クリティシズム』109
スティーヴン (Sir Leslie Stephen, 1832–1904) 100
スペンサー (Edmund Spenser, c.1552–99) 129–31
『羊飼いの暦』(*The Shepheardes Calender*, 1579) 130
「要旨 (The generall argument)」130

人名・作品名索引

「まえがき」、「あとがき」については省略。ハーディ作品以外の有名作品については原題名原則省略。容易に認識できる人名については詳細を省略。

ア

アーカンズ (Norman Arkans) 19
アーノルド (Matthew Arnold, 1822–88) 15, 16, 127
「ワーズワース論」15–6
井出弘之 19
『ハーディ文学は何処から来たか』 19
イプセン (Henrik Ibsen, 1828–1906) 53
ウェルギリウス（紀元前 70–19）114
『アエネーイス』114
ウォートン (Thomas Warton, 1728–90) 71–2
「《憂愁》の歓び」(*The Pleasures of Melancholy*, 1745; pub. 1747) 71–2
ヴォルテール (1694–1778) 15
ウォルトン、サー・ウィリアム (Sir William Walton, 1902–83) 25
ヴォーン＝ウィリアムズ、レイフ (Ralph Vaughan Williams, 1872–1958) 25–8
エリオット、T. S. (1888–1965) 36
エルガー (Sir Edward Elgar, 1857–1934) 25
『オクスフォード・コンパニオン：ハーディ』19
オースティン (1775–1817) 147
『自負と偏見』147

カ

ガーニィ、アイヴァー (Ivor Gurney, 1890–1937) 25
加納秀夫 (1911–2003) 23
カフカ (Franz Kafka, 1883–1924) 84
ガレリオ (Galileo Galilei, 1564–1642) 11
ガン (Thom Gunn, 1929–) 19
木谷巌 84
キーツ (1795–1821) 15, 59, 68–9, 77
「ギリシアの古壷に寄せて」15
『エンディミオン』99
ギブソン、ジェームズ (1919–2004?) 7
ギブソン、ダグラス (Douglas Gibson, 1912–84) 27
キャンピオン、トマス (1567–1620) 25
ギボン (Edward Gibbon, 1737–94) 16
『ローマ帝国盛衰史』16
ギルクリスト夫妻 (Alexander and Anne Gilchrist, 1828–61; 1828–85) 104
『ブレイク伝記』(1863) 104
ギレリス、エミール (Emil Gilels, 1916–85) 82

バル「樹」、集英社ギャラリー『世界の文学』19.／ジョセフ・コンラッド『密偵』、岩波文庫、1990.／ラドヤード・キプリング『祈願の御堂』（土岐知子氏と共訳）、国書刊行会、1991.／J. M. クッツェー「夷狄（いてき）を待ちながら」、集英社ギャラリー『世界の文学』20、1991；のち「集英社文庫：『夷狄を待ちながら』」、2003.／トマス・ド・クインシー『タタール人の反乱、復讐者』、トマス・ド・クインシー著作集 3、国書刊行会、2002.／ウォルター・ペイター『ガストン・ド・ラトゥール』、ウォルター・ペイター全集 3、筑摩書房、2008.／ラドヤード・キプリング「サービブの戦争」「塹壕のマドンナ」「祈願の御堂」、『新編バベルの図書館』、国書刊行会、2012–13、他。

特別講演「'The Cenci' をめぐって」日本シェリー研究センター、2010.

森松　健介（もりまつ　けんすけ、1935–　）

東京大学大学院修士課程修了。神戸市外国語大学助手、専任講師、中央大学専任講師、助教授、教授。現・名誉教授。

著書・共著　近年のものを引用・参考文献に挙げた。

訳著『トマス・ハーディ全詩集 I ；同 II 』中央大学出版部、1995、他。

共訳著　ジェイコブ・ブロノフスキー『人間とは何か』、みすず書房、1969.／バジル・ウイリー『一八世紀の自然思想』、みすず書房、1975、他。

特別講演「P. B. シェリーとトマス・ハーディ」日本シェリー研究センター、2012.

著者紹介

土岐　恒二（とき　こうじ、1935–2014）

東京都立大学大学院博士課程満期中退。國學院大學助教授、東京都立大学助教授、教授、名誉教授。文化女子大学教授。

編著『記憶の宿る場所：エズラ・パウンドと 20 世紀の詩』（土岐恒二・児玉実英監修）、思潮社、2005.
共著『英文学ハンドブック』（「作家と作品」シリーズ：「ディ・ルイス」（C. ダイメント）研究社出版、1972.／『時と永遠：近代英詩におけるその思想と形象』、英宝社、1987.／『トマス・ハーディと世紀末』、英宝社、1998.
訳著 H. F. ペータース『ルー・サロメ――愛と生涯』（筑摩書房 1966；のち「ちくま学芸文庫」、1990）.／ホルヘ・ルイス・ボルヘス『不死の人』、白水社、1968；のち白水 U ブックス 114、1996）.／P. B. シェリー（世界文学全集 カラー版 別巻 第 1 巻（世界名詩集）河出書房新社、1969 年）.／エドマンド・ウィルソン『アクセルの城』、筑摩叢書、1971；のち「ちくま学芸文庫」、2000.／ジョセフ・コンラッド「エイミ・フォスター」、『イギリス短篇 24』、集英社 1972.／フリオ・コルターサル「キルケー」、『現代ラテン・アメリカ短編選集』、白水社、1972.／「H. C. イアリッカーの夢」、『ジェイムズ・ジョイス：現代作家論』、丸谷才一編、早川書房、1974.／フリオ・コルターサル『石蹴り遊び』、集英社『世界の文学 29』、1978；のち「集英社文庫」、1984.／メルヴィル『タイピー・バートルビー、他』、集英社『世界の文学 39』、1979.／ウォルター・ペイター「ドニ・ローセロワ」、「ピカルディのアポロ」集英社『世界の文学 42』、1981.／ジョセフ・コンラッド『青春；西欧の眼の下に、他』、集英社『世界の文学 61』、1981.／ジョセフ・コンラッド「潟」、『コンラッド中短篇小説集 1』、人文書院、1983.／ムヒカ＝ライネス『ボマルツォ公の回想』（安藤哲行氏と共訳）、ラテン・アメリカの文学：綜合社編 6、集英社、1984.／J. L. ボルヘス『永遠の歴史』、筑摩叢書、1986；のち「ちくま学芸文庫」、2001.／M. L. ボン

トマス・ハーディ
詩から小説への橋渡し

2015年5月22日　初版発行

著　者　土岐 恒二／森松 健介
発行者　山口 隆史
印　刷　株式会社太平印刷社

発行所　株式会社 音羽書房鶴見書店
〒113-0033 東京都文京区本郷4-1-14
TEL 03-3814-0491
FAX 03-3814-9250
URL: http://www.otowatsurumi.com
e-mail: info@otowatsurumi.com

ISBN978-4-7553-0285-5 C3098
組版　ほんのしろ／装幀　熊谷有紗（オセロ）
製本　株式会社太平印刷社